進行諸嶋

進行諸島
illustrator カット
Become Wise man
異世界転生で賢者になって冒険者生活
～【魔法改良】で異世界最強～
Become a wise man in different world reincarnation and adventurer life
Adventurer life

魔力が見えるのか？
改良魔法を使う
「賢者」
ミナト

天真爛漫な冒険者
エイミー
すごいね！やったあ！
六属性!!
【魔力視】を持つ
魔法使い
マイナ

依頼の魔法石、
ちょっと数が多いんだが…

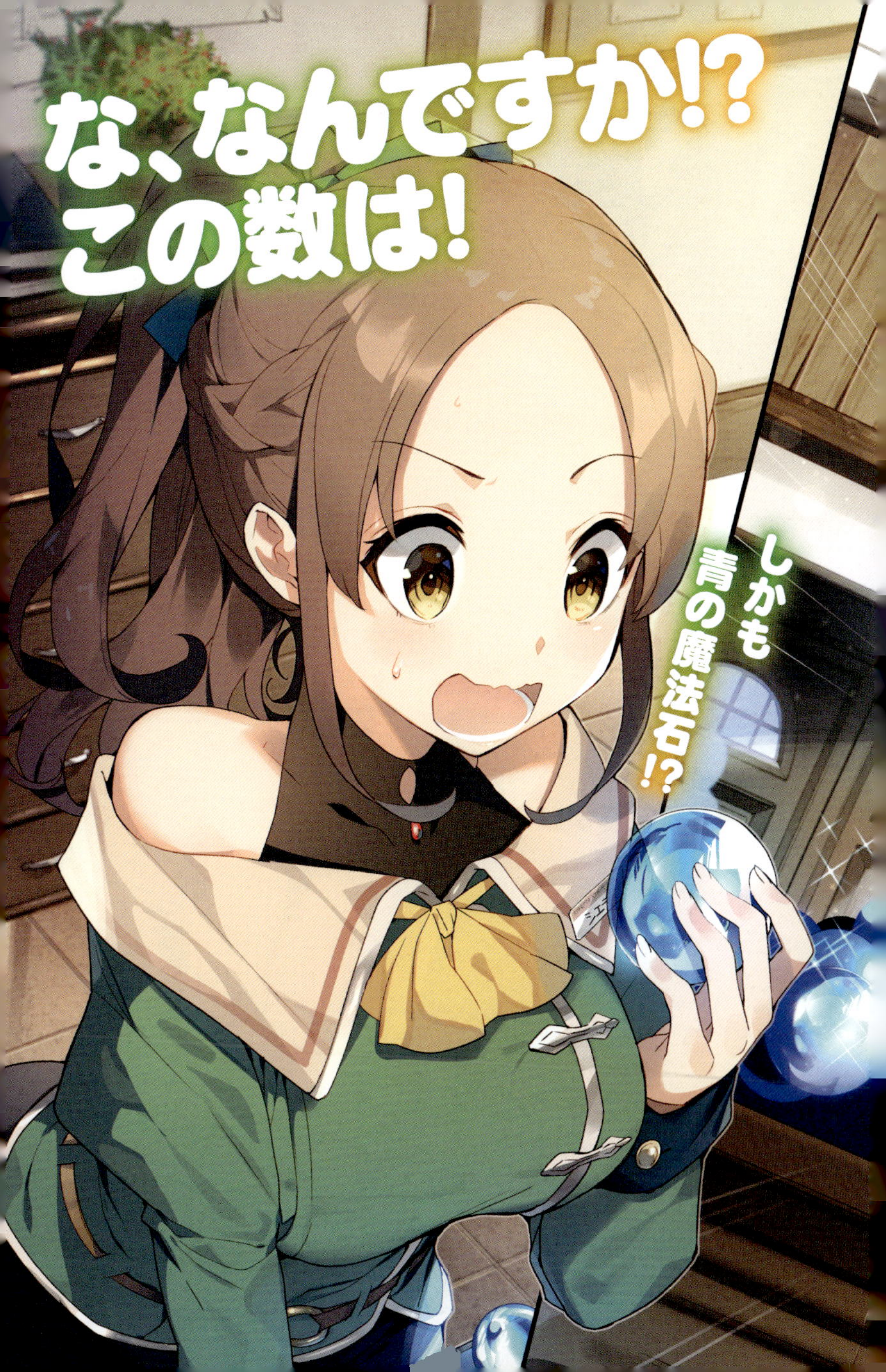
な、なんですか!?
この数は!
しかも
青の魔法石!?

「いくぞ――！」

究極魔法
発動!!

異世界転生で賢者になって冒険者生活
～【魔法改良】で異世界最強～

Become a wise man in different world reincarnation and adventurer life

CONTENTS

目次

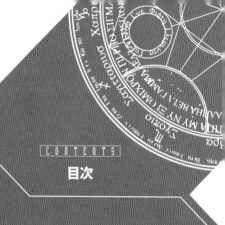

異世界転生で賢者になって冒険者生活

~【魔法改良】で異世界最強~

Become a wise man in
different world reincarnation
and adventurer life

進行諸島
illustrator カット

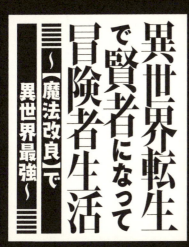

第一章

魔導輸送車。

それは、この世界イバンで最も普及している、大量輸送装置だ。

全長27メートル、積載量30トンを超える巨大な箱が、魔法の力を借りて時速300キロ以上で移動するその装置は、この世界の物流事情を一変させた。

そして俺《おれ》、ミナトは――その魔導輸送車に、轢《ひ》かれかかっている。


（……あ、死んだな）


猛スピードで近付く魔導輸送車を見て、俺はそう直感した。

本来この場所は魔導輸送車の通り道ではないのだが、恐らく魔導輸送車の操作員が、操作を間違えたのだろう。たまに起きる事故だ。

もちろんただの人間である俺に、時速300キロ以上で近付く物体を避《よ》ける術などない。

Become a wise man in different world reincarnation and adventurerlife

もし、この世界の魔法技術がもっと発展していたら、俺は死なずに済むかもしれない。

だが今の世界に、死亡寸前の人間を生き返らせるような魔法技術はない。

630年前に人工魔法知能《デウス・エクス・マキナ》の暴走で200万人以上の死者が出てから、この世界の政治家は魔法に代わる新たな技術「科学」の発展に力を注《そそ》いでいた。

そのため、この世界の魔法技術は、ほとんど630年前のまま止まっている。

魔導輸送車も、ちょうどその630年前に開発されたものだ。

当然今の世界に、魔導輸送車の直撃でバラバラになった人間を蘇生させる魔法などない。

――そんなことを考える俺に、魔導輸送車が迫ってくる。

ああ。

来世では、こんな不運な死に方をしませんように。

そう願いながら、俺は意識を手放した。

◇

「あれ？　生きてる？」

どれだけの時間が経《た》ったかは分からないが、俺は目を覚ました。
絶対に死んだと思ったのだが、当たり所がよかったのだろうか。

そんなことを考えつつ俺は周囲を見回し――困惑した。

「病院じゃない？」

どうやら俺がいるのは、病院ではなく森の中のようだ。
あれだけの事故に巻き込まれれば、病院送りは間違いないと思ったのだが。
そして、あれだけの事故に巻き込まれれば、絶対に俺の体はボロボロのはずだ。
だが俺の体には、傷一つなかった。

「まさか……転生か？」

死んだ人間が他の世界へ転生するという話は、小説などで何度か読んだことがある。
だが、まさか現実でそんなことが起こるのだろうか。

そんなことを考えつつも、俺は周囲を探索することにした。

周囲を見ながら歩くこと数分後。
相変わらず周囲の景色は森しかないが……森の中に俺は、前世で見慣れたものが落ちているのを見つけた。

――魔法情報端末。
魔法によって内部に情報を蓄え、話しかけたりキーボードに文字を打ち込んだりすることによって情報を取り出せる装置だ。
随分と旧型のようだが……みたところ、壊れているようには見えない。

もしかしたら、ここがどこなのかを知る手がかりになるかもしれない。

「動くか？」

俺が話しかけると、魔法情報端末がピーピーと音を立て、それと同時にオレンジ色のランプが点灯した。

オレンジ色のランプは、『本体に何か問題があるが、動作は可能』といった状態の時に点灯する。

……途中で壊れてしまうかもしれないが、多少は情報を取り出せるかもしれない。

「ここはどこだ？」

「ここはミーニアの森でス」

俺の言葉に、魔法情報端末がそう応《こた》える。

旧式の魔法情報端末特有の、妙なイントネーションだ。

ちなみにもっと古い時代の情報端末は、言語の内容自体がかなり不自然だったらしい。

魔法情報端末の進化は、６３０年前から魔法が進化した数少ないポイントだ。

しかしミーニアの森……知らない地名だな。

「地図を出してくれ」

「地図データには、未探索領域がありまス。可能な範囲で表示しますか？」

「ああ」

未探索領域――まだ情報がない領域か。

前世の世界には、そんなものはなかった。

世界は高山の山頂から水深数千メートルにも及《およ》ぶ深海に至るまで、全《すべ》て調べ上げられて地図に描かれていた。

つまり、ここは前世の世界とは違う。

そんなことを考えながら俺は、地図データを見る。

――地図は、ほとんど埋まっていなかった。

町の場所はそれなりに書かれているが、それ以外の区域がほとんど未知の領域という扱いになっている。

「この地図データ、どこから引っ張ってきたんだ？」

「冒険者ギルドが手作業で作成シた地図をベースとして、魔法測位法による位置データを合成することで信頼性を高めていマす」

なるほど。手作業か。

旧式の魔法情報端末だけあって、情報量が微妙なのも納得がいく。

「……冒険者ギルド？」

初めて聞く名前だ。

冒険者……冒険をする人のことだろうか。

「冒険者ギルドは、冒険者と呼ばれる人々に仕事を斡旋《あっせん》する場所です。魔物や盗賊などの討伐《とうばつ》を冒険者に依頼することで、治安の維持という役目も担っています」

「その冒険者ってのには、どうやってなればいいんだ？」

「ギルドで登録をすルことで冒険者になれます。登録費用は1万ジークです。1万ジークは、大人が1日働いて稼げる程度の金額です」

なるほど。金を払うだけで登録できるという訳か。
1日働いて1万ってことは、前世で使われていた『円』と同じくらいだな。
1円イコール1ジーク。分かりやすい。

「……要は、仕事をくれる場所ってことか？」

「そうです。手に職を持たナい者は、冒険者になるのが基本デす。魔物との戦闘を行う危険な仕事でスが、誰《だれ》でもなることができまス」

なるほど。

魔物……確か魔力災害によって発生した、危険な生物のことだな。

普通の動物に比べて力が強く、体が大きく、そして凶暴な傾向にある。

前世の世界では、人工魔法知能が暴走した時に大量発生して、大きな被害を出したはずだ。

暴走事故の死者２００万人のうち、１００万人近くが魔物の影響だという話もある。

だが俺の生きていた時代には、魔物など存在しなかった。

魔力災害につながるような大規模で危険な魔法装置は、ほとんど使われていなかったからな。

そのため俺は、魔物との戦い方など全く知らない。

「魔物と戦うって、俺にもできるのか？」

「この世界の戦闘用魔法を使えば、可能でス。魔法を表示しまスか？」

「頼んだ」

俺がそう答えると、端末の画面が切り替わり――いくつかの魔法陣が表示された。

いずれも初めて見る魔法陣だが、魔法式の読み方自体は義務教育で習った。

書いてある魔法陣はかなり単純なので、俺でも問題なく構築できそうだ。

「これ、どんな魔法なんだ?」

「一番上から順に、敵に電気の槍《やり》ヲッ……」

そこまで言ったところで、魔法情報端末はピーピーという音を立て始め、それから静かになった。

どうやら、フリーズしたようだ。

叩《たた》いたり魔力を流したりしようとしても、端末はウンともスンとも言わない。

「……壊れたか」

随分古かったようだし、壊れるのも無理はないか。

とりあえず、この世界が異世界だと教えてくれただけでもよしとしよう。

そう考えつつ俺は、画面を見る。

画面には、魔法情報端末がフリーズした時の画面――つまり、攻撃魔法の魔法陣が書かれていた。

「試してみるか」

俺がいた世界はとても平和だったので、戦闘用の魔法など使うのは初めてだ。

攻撃魔法の魔法陣などは、危険な情報ということで一般人には触れられないようになっていたし。

そんなことを考えつつ、俺は一番上に書いてあった魔法陣を組んでみる。

だが……何も起きない。

……攻撃魔法だから、対象の設定が必要なのか。

そう考えて俺は、近くにあった木の幹を目標に設定してみた。
すると――魔法陣から青い雷が出て、狙《ねら》ったとおりの場所へと当たる。

そして、青い雷が当たった場所が燃え上がった。

「おっと」

このままでは山火事になってしまう。
俺は慌てて水魔法を構築して木についた炎を消した。

……立っている木は大量の水分を含んでいる……というか半分以上は水でできているため、とても燃えにくい。
ガスバーナーで多少炙《あぶ》ったくらいでは、表面を濡《こ》がすのが精一杯だろう。
それを一撃で燃え上がらせるとは……どうやらさっきの雷魔法は、かなり威力が高いようだ。

そんなことを考えていると——遠くから悲鳴が聞こえた。

「誰か！　助けてくれ！」

どうやら何かトラブルでも起きたようだが——今の俺にとって、そんなことはどうでもよかった。

悲鳴が聞こえたということは、そこには人がいるということだ。

地図の入った情報端末が動かない今、この森を抜け出すには人から聞き出すのが一番だ。

トラブルのある場所に自分から行くのは気が引けるが……行ってみるか。

そう考えて俺は、悲鳴が聞こえた方へと向かう。

すると……一台の馬車が、猛スピードで走っているのが見えた。

その後ろを、大型で目の赤い猪《いのしし》が追いかけている。

——魔物だ。

「やってみるか」

俺はさっき、攻撃魔法を覚えたばかりだ。
いきなり実戦で使うのは少し危険な気もするが……やってみるか。

そう考えて俺は、さっきと同じ魔法陣を構築し、猪へと狙いを定める。
すると……バシッという音とともに雷の槍が猪へと命中した。

雷の槍を受けた猪が、転倒する。
そして猪は、数回痙攣《けいれん》し……動かなくなった。

「え、今ので倒せたのか……？」

猪は、人間よりさらに大きかった。
何度か魔法を使わなければ倒せないと思っていたのだが……一撃で倒せてしまったようだ。
攻撃魔法ってすごいんだな……。

そんなことを考えていると、馬車が止まった。

どうやら、猪がもう追いかけてこないことに気付いたようだ。

「た、助かった！　もう終わりかと思ったぜ！　……俺は、商人のジートリだ。御礼をしたい！」

そう言って馬車に乗っていた男が、こちらへ駆け寄ってくる。

どうやら助けた男は、ジートリという商人だったようだ。

「俺はミナトだ。こっちこそ助かったよ」

俺は、ジートリにそう答えた。

ジートリの服装は、随分と昔風だ。

なんというか……前の世界で、中世と呼ばれていた時代の服装に近いような気がする。

「助かった？　どう見ても助けられたのは俺の方だよな？」

俺の言葉を聞いて、馬車に乗っていたジートリが怪訝《けげん》な顔で俺に聞いた。

……まあ、まさか異世界から転生してきた挙句、魔法情報端末が壊れて道に迷ったなんて思うわけがないよな……。

だが、もしジートリの悲鳴がなければ、俺は今もまだ森の中をさまよっていたことだろう。

そんなことを考えながら俺は、商人のジートリに魔法情報端末を見せて言う。

「実は魔法情報端末が壊れてしまって、町の場所が分からず困ってたんだ」

「……変な箱だな。それに地図が入ってるのか？」

「ああ。……それで、町に行くためにはこの道を真《ま》っ直《す》ぐ行けばいいのか？　水も食料も持っていないから、できれば近いと嬉《うれ》しいんだが」

そう言って俺は、馬車が向かおうとしていた方角を指す。

道が続いているからには、恐らくどこかには町があるのだろうとは思うが……町まで徒歩3

日とか言われたら、俺は道中で干からびて死ぬことになってしまう。

しかし魔法情報端末を知らないなんて、こいつは商人として大丈夫なのだろうか。

「この道をまっすぐ行った先にも、もちろん町はある。でも、どこの町に行きたいんだ？」

「どの町でもいい。……町の名前なんて知らないからな」

なにしろ俺は、この世界の町の名前など一つも知らない。

中途半端《ちゅうとはんぱ》に分かったふりをするより、何も知らないことを伝えて色々教えてもらった方がいいだろう。

「どこでもいいって……。俺は今からマイニーアに行くところだが、それでいいなら案内するぜ」

「助かる」

もう一度道に迷って森をさまようとかは、できれば遠慮したいからな。

案内をしてもらえるなら、それはありがたい。

「……そんな強いのに、町の名前を知らないとはな……。もしかして、山奥で修行でもしていたのか？」

山奥で修行。

いい言い訳だな。これから使わせてもらおう。

「実はそうなんだ。そのせいで、かなり世間知らずでな。……まあ、攻撃魔法を使った経験はほとんどないから、今のはぶっつけ本番って感じなんだが」

「初めてでバースト・ボアが倒せるわけないだろう。……俺は魔法のことはよく知らんが、バースト・ボアは魔法攻撃が効きにくい魔物だと聞く」

「そうなのか？」

「ああ。魔法使いメインのパーティーだと、苦戦するらしいぜ」

そう話すジートリに俺がついていこうとすると、ジートリがふいに立ち止まった。

どうやら、何かあったようだ。


「どうした？」

「あのバースト・ボア、置いていくつもりか？」

そう言ってジートリは、倒した魔物の死体を指す。

……どうすればいいか分からないので放っておくつもりだったが、流石《さすが》に放置は駄目か。

「倒した魔物って、どうすればいいんだ？」

「どうするもこうするも……持っていけば、いい値段で売れると思うぞ。バースト・ボアの毛皮はただでさえ高いんだが……驚いたことにこいつは、体の表面に大した傷がない。質のいい革が取れそうだ」


そう言ってジートリが、魔物の体を眺める。

どうやら、この魔物の素材にはそれなりの価値があるらしい。

まあ、売れるなら持って帰っておこう。

なにしろ、今の俺は一文無しなのだから。

そう考えて俺は、汎用収納魔法に魔物の死体を放り込んだ。


「……収納魔法か？」


俺が魔物を収納したのを見て、ジートリがそう聞いた。

「ああ。収納魔法なんて、別に珍しくもなんともないだろ？」

「収納魔法自体は別に珍しくないが……バースト・ボアって、重さ何百キロもあるよな？　そんな重いものを入れられる収納魔法は初めて見た」

「普通は、どのくらい入るんだ？」

「せいぜい30キロだな。俺達商人は荷馬車を使うが、冒険者なんかだと収納魔法の容量を基準にして装備を決めるらしいぜ」

なるほど。

どうやらこの世界の住民は、収納魔法の容量が少ないようだ。

前世の世界でも収納魔法の容量には個人差があったが、大体誰でも5トンくらいは入れることができた。

そのため魔導輸送車が量産されて安くなるまでは、適当な人間の収納魔法に荷物を入れて、人間ごと輸送するなんてやり方も取られていたくらいだ。

だが、この世界では収納魔法に頼った輸送はできないようだな。

……そう考えながら俺は、大量の荷物が積まれたジートリの馬車を見る。

「よし、とりあえず出発しようぜ。ぼやぼやしてると日が暮れて魔物が増える」

「まだ魔力には余裕があるから、同じ魔物なら何とかなるけどな。道案内の間は、倒せる魔物くらいは倒すよ」

「……それはありがたい。お礼は弾むよ」

道案内してくれたうえ、報酬までもらえるのか。

ラッキーだ。

報酬と言えば……。

「ギルドの登録には、登録料がかかるんだよな？　さっきの魔物を売れば、登録料を稼げるか？　実は無一文でな」

「あー。ギルドに登録した後じゃないと、魔物は売れないんだよ。……まあ、これで登録すればいい。さっき助けてくれた分と、残りの道中の護衛報酬だ。マイニーアは新人冒険者の多い町だから、登録した後にできる依頼も多いだろう」

そう言ってジートリが、俺に小さな袋を渡した。
開いてみると、中には金貨が20枚入っていた。

「200万ジークある」

……200万ジーク？
確かこの世界での1ジークの価値は、1円と同じくらいだったはず。
ちょっと高すぎないだろうか。

「護衛代としては高すぎないか？」

「いや、あのまま行けば俺は十中八九死んでたからな。受け取っておいてくれ」

……そう言ってくれるなら、ありがたく受け取っておくか。
無一文の俺にとっては、とても助かる。

「……ありがとう」

「礼を言うのはこっちだ」

そんな会話を経つつも、俺達はマイニーアへと進んで行く。

マイニーアまでの道は意外と複雑だった。

ところどころ分かれ道があるのだが、それを間違った方向に行くと狩り場——要は魔物がいるだけの森へと出てしまうらしい。

ジートリの案内のおかげで迷わずに済んだが……一人だったら、辿《たど》りつける自信がなかったな。

第二章

それから半日ほど後。

「見えてきたぞ」

遠くの方で、マイニーアの町が見えてきた。
町並みも、なんだか古い。
ジートリの服と同じく、中世風って感じだ。
高層ビルなどの高い建物はなく、大きい建物でもせいぜい4階建てのようだな。

「町って、どこもあんな感じなのか？」

「あんな感じって？」

「建物の造り方とかだ。あんまり高い建物はないみたいだが……」

「ああ、そのことか。王都とかに行けば、4階建てとかのデカい建物がいっぱいある。マイニーアは田舎《いなか》でも都会でもないから、こんなもんだな」

なるほど、4階建てで一番高いくらいなのか。

……文明レベルの低い世界なのかもしれない。

その割には、魔法情報端末が落ちていたのが不思議だが。

「でも、森の中に比べれば建物が多いだろ？」

「そうだな……」

前世の世界だと、都会には鉄筋と魔法反重力装置を使った高さ数百メートルにも及《およ》ぶ建物が立ち並んでいた。

随分な落差だ。

そんなことを話しつつ歩いているうちに、俺《おれ》達はマイニーアへと辿《たど》り着いた。

「色々世話になったな。ありがとう」

「いや、こっちこそ命を助けられたよ。……もし何かあったら、いつでもジートリ商会に来てくれ」

そんな言葉を交わして、俺はジートリと別れた。

ちなみに、もらった金は収納魔法の中に入れてある。

収納魔法の中身は盗まれることがないので、貴重品は収納魔法に入れるのが基本だ。

「さて……ギルドはっと」

街の中には、あちこちにギルドの場所を書いた看板があった。

どうやらギルドは、街の中では重要施設として扱われているらしい。

看板に従って歩いていると、立派な建物が見えた。

入り口には、冒険者ギルドと書かれている。


「ここか」


俺はギルドに入り、辺りを見渡す。

ギルドの中は、とても活気があった。

『素材買取窓口』『依頼窓口』などといった感じで、沢山《たくさん》の窓口が並んでいて、窓口では受付嬢と冒険者が話していた。

そんな中に、『新規登録窓口』と書いた窓口があった。

専用の窓口が用意されているとは。ジートリが言っていた通り、新規登録者の多い町のようだ。

考えてみると、このギルドは若い冒険者がとても多いし、全体的に新人向けなのかもしれないな。

そう考えつつ俺は、窓口に行く。

「ギルドに新規登録したいんだが」

「分かりました。それでは、この紙に必要事項を書いて持ってきてください」

そう言って受付嬢は、慣れた手つきで『冒険者ギルド　登録申請書』と書かれた紙を俺に渡した。

受付嬢の名札には、「シエラ」と描かれている。

「ありがとう」

俺は申請書を受け取りながら、必要事項に目を通す。

申請書に書かれている必要事項は、驚くほど少なかった。

必要項目は名前、使用武器、戦闘スタイル。
この3つだけだ。

「名前はミナトっと。戦闘スタイルは……」

戦闘スタイルは選択式なので、分かりやすかった。
剣士、槍《やり》使い、盾《たて》使い、弓使い――

この辺の職業は俺には選べない。
なにしろ俺は、武器に触ったことすらないのだから。
そんな俺が剣やら弓やら持ったところで、何もできないだろう。

そう考えつつ俺は、どんどん選択肢を消していく。
そうして、消去法で残ったのは一つだった。

「魔法使いだな」

魔法使い。これしかない。

戦闘魔法を扱ったのは今日が初めてだが、魔法陣を構築して魔法を発動させるという意味では変わらない。

別に戦闘用の魔法だからといって特殊な魔法構成が使われていたわけではないし、まあ剣やら弓やらを持つのに比べれば使えるだろう。

「……武器？」

名前を書いたはいいが、武器が問題だ。

今まで一度もまともな実戦経験がないのに、使用武器を決めろと言われても困る。

「まあ、なしでいいか」

魔法を使うのに、武器など必要ない。

もしかしたらこの世界の魔法使いは武器を使うのかもしれないが、まあさっきは武器なしでも魔物を倒せたし、必要になった時に買えばいいだろう。

そんなことを考えながら申請書を書いている途中——ふと気付いた。
この申請書、俺が知らない言語で書かれている。
そして俺が今この申請書に書き込んだのも、知らない言語だ。
知らない文字なのに、なぜか読めるし、書ける。
これは転生の影響だろうか。
まあ、字が読めないよりは読める方がずっといいので、とりあえず喜んでおこう。

「書けたぞ」

「はい！　……あれ？」

受付嬢が俺の書いた申請書を見て、怪訝《けげん》な顔で申請書の一部分を指した。
武器の欄だ。

「『なし』と書いてありますが……魔法使いなのに、杖《つえ》を使わないんですか？」

「杖って何だ?」

魔法を使うのに、道具など必要ない。
杖など持って、一体どうするのだろう。

「杖は魔法の発動を補助する道具で、持っていると魔法の安定性が増すんです。杖を使わなくても魔法を発動できる人はいますけど、戦闘中に魔法の発動に失敗したらすごく危ないので、使っておいたほうがいいですよ」

そう言って受付嬢が、杖とやらを見せてくれた。
……見た目は、ただの綺麗《きれい》に削られた木の棒だな。
こんなものを持っただけで、魔法の安定性が増すのだろうか。

「……持ってみてもいいか?」

「はい。それを持って、魔法を使ってみてください」

そう言われて俺は、簡単な光魔法を使ってみた。
すると……違いが分かった。

なんというか、魔力が凄《すさ》まじく重い。
魔法陣の構成スピードが、極端に遅くなっている。
この杖が、俺の魔力の通り道をふさいでいるのだ。

確かに魔力の通り道をふさげば、魔法陣をゆっくり構築することができるので、魔法構成には失敗しにくくなる。
前世の世界でも、工業用などに特注の複雑な魔法陣を組む仕事の人が、こういった道具を使っていたことがあった。

だが……普通の魔法を使うなら、こんな道具は不要だ。
自分で構築した方が、よほど早い。

先ほど使った雷魔法の魔法陣などは、小学校卒業レベルの魔力コントロールがあれば十分に可能だ。

前世の小学校では、3年生あたりまで基本の魔力コントロールをみっちりやらされるので、みんなそれなりの魔力コントロール力がつくのだ。

……まあ、この世界で戦闘用に使われている魔法陣を見て、必要になったら杖を買えばいいか。

ジートリが資金をくれたおかげで、多分安いやつなら買えるし。

そんなことを考えていると……受付嬢が俺に言った。

「あ、光魔法が使えるんですね。ダンジョンとかに向いているかもしれません」

「……そうなのか?」

「ダンジョンの中は暗いので、光魔法が重宝するんです」

今俺が使った光魔法は、数ある魔法の中でも最も基本的なものだ。
小学生が魔力操作を覚えた後に、真っ先に習うくらいだからな。
夜トイレに行く時などに、よく使ったものだ。

この魔法を使えない者など、魔法使いにはいなかった。
それでダンジョン向きと言われるとは……この受付嬢は、新人冒険者を褒《ほ》めて自信をつけさせることが仕事内容なのだろうか。

そんなことを考えつつ、俺は受付嬢に杖を返した。

「ああ。じゃあダンジョンを考えてみよう」

「そうするといいと思います。2つの属性に適性を持っている冒険者さんとかだと、他にも色々できますが……とりあえず、調べてみましょう」

そう言って受付嬢が、水晶玉のようなものを6個取り出した。

「それは？」

「属性の水晶です。この水晶には属性があって、その属性に適性を持った人が触ると光ります。触ってみてください」

「なるほど」

俺が話を聞きながら白っぽい水晶に触ると、光った。

「光属性は適性がありますね」

「まあ、さっき使ったからな」

というか、属性に適性なんてあるのだろうか。
そんなことを考えながら俺は、隣にあった黒っぽい魔石に触る。
すると……光った。

「闇《やみ》属性も適性があるみたいです。光と闇が両方扱えるのは、珍しいですね」

「……そうか？」

そう言いながら俺は、次々と魔石に触っていく。
魔石は、触る端から光った。

まあ、当然と言えば当然だ。
魔法に適性があって、それ以外の属性だと使えない、などという話は聞いたこともない。
そう思っていたのだが……。

「全属性……まさか、賢者⁉」

受付嬢の反応が、あまりにも大きすぎる。
新人冒険者を褒めて自信をつけさせるための演技としてはあり得ないレベルだ。

「……は？　賢者？　新規登録の新人が？」

「いや、剣士の聞き間違いだろ」

ギルドの中にいた他の冒険者も、こそこそとこっちを見ている。

どうやら全属性が使えるのは、特別なことのようだ。

「なあ。賢者って、珍しいのか？」

「それはもう、すっごく珍しいです！　5年前までは、王国の魔法師団長が唯一の賢者でしたが……5年前に亡くなってしまってから、この国に賢者は一人もいません」

魔法師団長……なんだかすごそうだ。

賢者認定されてしまうと、不自由になりそうだな……。

「今の測定結果、多分間違いだぞ。さっき光魔法を使ったのが、残ってたんだ」

「残ってた？　そんなことありますか……？」

「ああ。もう一度やってみよう」

そう言って俺は、風の魔石に手を伸ばす。

置かれていた魔石の属性は、風、土、火、水、光、闇の6種類だ。

この中で一番使い道が少ないのは……風属性か。

風属性の魔法は目に見えないものが多いから、こっそり使ってもバレなさそうだし。

手を近付けると光るということは、恐らく魔力に反応しているはず。

手からできるだけ魔力を放出しないように制御して、水晶玉に手を近付ければ――。

「よし！」

光らない魔石を見て、俺は歓声を上げる。

偽装成功である。

「……なんで、賢者じゃないって分かって喜んでるんですか？」

「賢者とか、面倒臭《くさ》そうだからな！」

そう言いながら俺は、残り５つの魔石にも触り、もう一度光らせた。
賢者にはなりたくないが、使う魔法に縛りがかかるのもそれはそれで面倒だ。
だから、５つだけ光らせておく。

「そ、それでも5属性……！　残念ながら賢者ではなかったみたいですけど、すごいですよ！」

「そうなのか？」

「5属性は賢者と違って、全国に情報が広まるようなことはありませんが……それでもすごく珍しいです。魔法使いは属性が多いほど強いといわれているので、きっとミナトさんはすごく強い冒険者になります！」

受付嬢は力強く、そう宣言した。

するとギルドにいた冒険者達が、またざわつき始めた。

「流石に賢者ではなかったか……」

「でも賢者じゃないってことは、国に召し抱えられることもないってことだよな？　スカウトのチャンスじゃないか？」

そんな会話が、後ろから聞こえてくる。

5属性でも目立つのか……。

だが全力を出しても、戦場で生き残れるとは限らない。

そんな戦場で使える魔法を使わずに戦うなど、自殺行為だ。

だから多少目立っても、使える選択肢は多い方がいい。

風属性の魔法だって、必要となれば躊躇《ちゅうちょ》せずに使うつもりだ。

「では、風を除く5属性の魔法使いで、登録しておきました。詳しいことはこれを読んでください」

そう言って受付嬢は、俺にギルドカードと『新人冒険者の手引き』と書かれた冊子を渡した。
ギルドカードには、Ｆランクと書かれている。

しかし、新人冒険者の手引きなんてものまで用意されているのか。

「新人冒険者さん向けに、ギルド主催での初心者冒険者講習も行われています。無料で受けられますから、一度は受けておくのをおすすめしています」

そう言って受付嬢は、『新人冒険者の手引き』の裏面に書き込まれている初心者冒険者講習の日程を指した。
万全のサポート態勢だ。

「随分手厚いんだな」

「新人冒険者の多い町ですから。新人さんはここで経験を積んで、他の町で活躍するんです」

なるほど。

マイニーアはギルドの新人育成所という訳か。

そんなことを考えながら俺は、初心者冒険者講習のスケジュールを確認する。

……ちょうどいい時間に、初心者冒険者講習があるようだ。

「冒険講習の一番近い回って、今から30分後か？」

「30分後ですね。確か空きがあったはずなので、予約を入れておきますね」

そう言って受付嬢が、初心者冒険者講習の予約を入れてくれた。

「では、30分後にギルドの訓練所に来てください。初心者冒険者講習は意外とハードなので、食べ過ぎたりしないようにしてくださいね。動けないと大変です」

「ありがとう」

そう言って俺は、ギルドを後にした。

◇

それから30分後。
俺が訓練所に来ると、訓練所の真ん中で剣を振っていた男が声を張り上げた。
どうやら、あの男が教官のようだ。

「よーし、冒険者講習やるぞ！　集まれ！」

その言葉と共に、俺を含めて３人の男が集まって来た。
どうやら受講者は、３人のようだ。

「全員！　武器は持ってきてるな！」

俺達が集まったのを見て、教官がそう声を張り上げる。

そんな中、受講者の一人が聞いた。

「講習に武器を使うんですか？」

「当然！　座学ならギルドで本でも借りて読め！　俺は本なんぞ読んだことはないがな！　ガハハ！」

そう言って教官が、大声で笑い……次に、質問をした受講者に言った。

「冒険者なら、敬語を使うのはやめておけ。ナメられちまう」

「分かった」

聞いた冒険者は、武器を持っているようだが……。

俺は当然、杖など持ってきていない。

そのことに、教官も気付いたようだ。

「おい、そこのお前。噂《うわさ》の5属性魔法使いか。杖はどうした？」

「杖は使わないつもりだ」

俺の言葉を聞いて、教官が怪訝な顔をする。

「……お前まさか、杖なしで魔法が組めるのか？」

「単純な魔法ならだけどな。攻撃魔法は1種類しか知らない」

「1種類か。まあ、初心者魔法使いはそんなもんだ。……それでも杖なしで組めるなら、大したもんだな」

そう言いながら、教官が俺達から距離を取る。
刃の潰《つぶ》れた剣（おそらく、訓練専用）を構えて言った。

「よし、剣士ども！　一人ずつかかってこい！」

俺以外の新人冒険者は、２人とも剣士のようだ。
教官の言葉を聞いて、一人の新人冒険者が前へと出て、剣を構える。

「いくぜ！」

かけ声とともに、新人冒険者が試験官の方へと踏み込み、大上段に構えて剣を振った。
だが、剣を振るタイミングが早すぎて、これでは剣が届く前に振り切ってしまいそうだ。
そんなことを考えてみていると——教官は微動だにせず、その様子を見守っていた。

案の定、新人冒険者の剣は空振りする。

「距離を取りすぎだ！　もっと踏み込め！　ビビってても逆に危険なだけだぞ！」

「お、おう！」

そう言って新人冒険者が、教官に攻撃を仕掛けていく。

教官はその攻撃を一通り剣で捌《さば》いた後——新人冒険者の隙《すき》を突いて、足をひっかけて転ばせた。

「うわっ！」

息一つ切らさずに新人冒険者を倒した教官は、新人に向かって言う。

「そこそこ戦えるじゃねえか。剣筋はマシな方だ。……マイニーア・ブルくらいは相手にしてもいいぞ。……だが、その距離を取り過ぎる癖《くせ》は直しておけ」

今の新人冒険者は一方的にやられたように見えたが、どうやらいい線をいっていたようだ。

そんなことを考えながら様子を見ていると、もう一人の冒険者が教官へ向かっていく。

「いくぜ！」

「来い！」

新人冒険者が、教官に向かって剣を振る。

だが——なんだか、前の冒険者に比べて剣の振り方が頼りない感じがする。

剣の速度は前の冒険者と変わらないのだが、剣がフラフラとしている感じがするのだ。

教官はその剣を受け止め——一撃で弾《はじ》き飛ばした。

そして、首に剣を突きつけて言う。

「……話にならんな。戦闘依頼はまだ早い。素振《すぶ》りからやり直してこい」

「マイニーア・ラビットくらいなら戦ってもいいか？」

「死んでも知らんぞ。魔物をなめるな」

なるほど。

冒険者講習の実態が、理解できてきた。

これは講習という名の、腕試しだ。

まだ自分や魔物の実力をよく分かっていない冒険者に実力を理解させ、適正な依頼を教える。

これが恐らく、この講習の目的だな。

新人冒険者にとっては、確かにありがたい。

俺もどんな依頼を受けていいのか、全く分からないからな。

そんなことを考えながら立っていると、教官がこっちを向いた。

「よし、終わった奴《やつ》は帰っていいぞ。……あとはお前だな」

「……俺も戦うのか？　武器を持ってないんだが」

「魔法使いは実戦なしだ。こいつに向かって魔法を撃て」

そう言って教官が、試験場の隅に置かれた的のようなものを指す。

木で作られた、随分と貧弱そうな的だが……使い捨ての的だろうか。

的は全部で5つある。

「的が5つあるみたいだが、順番に撃てばいいのか？」

「そうだ。連射速度も大事だからな」

なるほど。

とりあえず、左端から撃ってみるか。

「いくぞ」

そう言って俺は、バースト・ボアを倒すのに使った魔法陣を組み始めた。

連射速度が重視されそうだが、初心者なのだから速さを求めず、慎重に発動するのを心がけよう。

そんなことを考えつつ、俺は連続で魔法を発動させた。

慎重に組むと、1回で2秒くらいかかる。

急いでやればこの倍くらいは速度が出せそうだが、一撃で木を燃やせる威力の魔法を適当に使う気にはなれない。

実際、俺の雷魔法が命中した的は片っ端から炎上しているようだし。

「よし、これで終わりだ」

5個目の的に魔法を命中させて、俺はそう呟《つぶや》いた。

随分と時間をかけてしまったが……呆《あき》れられていないだろうか。

そう考えながら後ろを振り向くと――教官は、口をあんぐりと開けていた。

「……は？」

呆れられてしまっただろうか。

「もうちょっと急いだ方がいいか？　暴発するといけないから、慎重に魔法を使ったんだが……」

「……ここで待っててくれ」

そう言って教官が、ギルドの中へと戻っていった。

しばらくして戻ってきた教官は、一人の男を連れていた。

……連れてこられた男は、冒険者にしては体格が細い。

「未知の魔法を使った5属性持ちというのは、こいつか？」

「ああ。初めて見る魔法だったぜ」

そんなことを話しながらやってきた男が、俺の前まで来て言った。

「俺はこのマイニーアで魔法教官を務める、マギクスだ。……君が未知の魔法を使ったと聞いたが、それは本当か？」

「……未知かどうかは知らないが、雷魔法を使った」

「ちょっと見せてく――」

そう言ってマギクスは的を見て……黙り込んだ

いや、正確には的「だったもの」を見て黙り込んだ。

的はすでに、燃えて炭と化していたからだ。

まあ、使い捨ての的では炭になってしまうのも仕方がないが。

「あれをやったのはお前か？」

「ああ。……ここの的を使うのは初めてだったんだが、もしかして使った後は消火すべきだったか？」

ただの木とはいっても、資源は有限だ。
たとえ使い捨ての的であっても、使える部分は残すとかした方がよかったのかもしれない。
そう考えて、俺はマギクスの言葉を待つ。
だが……マギクスの言葉は、予想とはだいぶ違った。

「あの的、なんで燃えたんだ？」

「そりゃあ、雷魔法が当たったたからだが――」

「魔法で燃やした⁉　あれをか⁉」

「ああ。……もしかして、高価なものだったのか？」

ただの木の的を燃やしたくらいで、ここまでの騒ぎになってしまうとは……。
弁償をすべきだろうか。

そんなことを考えていると、マギクスが言った。

「いや、安くはないが……問題はそこじゃない。何であれを燃やせたんだ？」

そう言ってマギクスが、黒焦《くろこ》げになった的を指す。
燃えた理由など、さっきから何度も言っているのだが。

「普通に雷魔法で燃やしたんだ」

「普通の雷魔法で、あの的は燃えない！　……あれはただの木に見えるかもしれないが、幾重にも強化魔法や耐火魔法が施された強化木材製だ！　簡単に燃えてたまるか！」

……そうだったのか。
魔法が付与された木なら、近くで見れば分かるのだが……俺は的に近付かずに魔法を使ったため、気付かなかったようだ。

「……その雷魔法、使ってみてくれ」

「的はもうないが、何に撃てばいい？」

「これでいい。……強化木材ではないがな」

そう言ってマギクスが、地面に角材を置いた。

強化魔法がかかっている様子もないし、乾いていて燃えやすそうだ。

そんなことを考えつつ俺は、魔法陣を組み、角材に雷魔法を撃った。

すると、バコン！　という音と共に、角材が吹き飛んだ。

……乾いた木に雷魔法を撃つと、こんな感じになるのか……。

「いや、おかしいだろ」

俺の魔法を見て、マギクスがそう言った。

「何がおかしいんだ？」

「魔法の威力だ。……普通の初心者冒険者の攻撃魔法って、このくらいの威力だからな？」

そう言ってマギクスが、角材をもう1本地面へと投げ——炎魔法を放った。

なんというか……炎が弱々しい。

放たれた炎魔法は頼りなく揺れ、今にも消えそうだ。

その外見を裏切らず、炎魔法は角材にぶつかると、表面をわずかに焦《こ》がして消えてしまった。

「……これじゃ、戦闘には使えなくないか？」

「その通りだ。普通の魔法使いは、攻撃を剣士や弓使いに任せてサポートに徹する。属性が多いほどいいと言われるのは、属性が多いと使える補助魔法が多いからだ」

なるほど……。

ギルドの受付嬢が俺の光魔法を見て「ダンジョンに向いているかも」などと言った理由がようやく分かった。

「じゃあ、攻撃魔法は使わないのか？」

「剣士が攻撃する隙《すき》を作るために、目を狙《ねら》って魔法を使ったりする場合が多いな。だから攻撃魔法は、威力より弾速や命中精度が求められる。……圧倒的な威力を出せる奴だと、話が別だけどな」

そう言ってマギクスが、壊れた的を見る。

……冒険者社会での魔法使いの立場は、何となく分かった。

だが……魔法がこれほどまでに弱い理由は、まだ理解できていない。

「普通の魔法使いの攻撃魔法って、なんでそんなに弱いんだ？」

「弱いんじゃなくて、これが普通だ。……魔法使い系でも上位の冒険者はさっきの雷くらいの魔法を使えたりするが、あくまで非常用だな。魔力消費が多すぎて、３発も撃てばそれで魔力切れだ」

……マジかよ。

今の魔法の魔力消費なら、俺は５００発くらい撃てる気がするんだが。

そんなことを考えつつ俺は、マギクスに聞いた。

「でも、俺は攻撃魔法が使えるみたいだが……どうしたらいいんだ？」

俺は初心者冒険者講習を受けに来たのだ。

初心者冒険者として、これからどうしたらいいかを教えてもらわなくては、講習に来た意味がない。

「そうだな……冒険者をやりたいなら、冒険者をやるといい。お前ほど才能のある人間なんて他にいないだろう。……もし国への仕官を望むなら、俺が推薦状を書く」

「国がどうとかは面倒臭そうだから、冒険者だな。もう登録も済ませたし」

こんなよく分からない世界で国に仕えるとか、自殺行為もいいところだろう。
なにしろ俺は、町の名前すら知らないような常識知らずのよそ者なのだ。

こんな俺ができる仕事など、冒険者くらいのものだろう。

「分かった。それならランクアップの推薦状を書きたいところだが……今までに依頼をこなしたことはあるか？」

「一度もないな。ついさっき登録したばかりだし」

「……それだと推薦状でのランクアップはよくないか……。冒険者としての経験がないままランクが上がっても、ろくなことがない」

なるほど。
そこまで考えて、ランクアップの推薦とかをしてくれるんだな。

「じゃあ、自力でランクを上げることにするよ。……とりあえずあの魔法があれば、魔物と戦えるんだよな？」

「戦えるどころか、もっとランクの高いパーティーでも主力になれる」

……あの壊れた魔法情報端末が教えてくれた攻撃魔法、便利なんだな。

魔法情報端末に、感謝しなくては。

「分かった。ありがとう」

そう言って俺は訓練所を離れようとしたが……一つ聞き忘れていたことがあったのを思い出して、立ち止まった。

それから、マギクスに聞く。

「攻撃魔法の勉強をしたいんだが、おすすめの本はあるか？」

「魔法の勉強……？　あれほどの魔法が使えるんだから、本を読む必要なんてないんじゃないか？」

「……実は俺が使える攻撃魔法は、あの雷魔法だけなんだ。他にも攻撃魔法があるなら、習得しておきたくてな」

それを聞いて、マギクスは呆れたような顔をした。

「あの雷魔法しか使えないってことは……初めて習得したのが、あの魔法だってことか？」

「そうなるな」

「ことごとく規格外だな……。まあいい。魔法の勉強がしたいなら『攻撃魔法便覧』を読むといい。ギルドで貸し出しているからな」

そう言ってマギクスが、訓練所を去っていった。

……とりあえず例の雷魔法が優秀だということは分かったが、できれば他にも攻撃魔法を確保しておきたいところだ。

今のままだと、電気が効かない魔物が出てきたら一発でアウトだし。

そんなことを考えながら俺は、ギルドの窓口へと向かった。

第三章

「ギルドでは魔法書を貸し出してるって聞いたんだが、ここで借りられるのか？」

初心者講習が終わってから、数分後。

俺《おれ》はギルドの窓口で、受付嬢にそう聞いた。

すると受付嬢は——申し訳なさそうな顔で答えた。

「魔法書ですか？　今は新人冒険者さんの多いシーズンですので、ほとんど残っていませんが……1ヶ月待ちとかでよければ、予約はできます」

そう言って受付嬢が、びっしりと名前の書かれた予約表を俺に見せた。

どうやら、ギルドで魔法書を読むのは簡単なことではないらしい。

まあ、予約を入れるだけ入れておくか。

「分かった。『攻撃魔法便覧』っていう本の予約を頼む」

「えっ、『攻撃魔法便覧』ですか?」

「ああ。……もしかして、置いてないのか?」

「『攻撃魔法便覧』なら、今すぐでも貸し出せますが……」

なんと。

どうやら目当ての本は、今すぐに借りられるらしい。

魔法書が足りない状況で今も残っているなんて、そんなに人気のない本なのだろうか。

「その本、何か問題があるのか?」

「初心者冒険者さんには、ちょっと難しいと思います。『攻撃魔法便覧』のことなんて、誰《だれ》に聞いたんですか?」

「魔法教官の、マギクスだ」

それを聞いて受付嬢が、申し訳なさそうな笑顔を浮かべた。

「あー、マギクスさんですか……。あの人、相手のレベルを考えずにとりあえず『攻撃魔法便覧』を勧める癖《くせ》があるんですよね……。確かにいい本ではあるんですけど、もっとおすすめの本がありますよ？」

「でもおすすめの本は、借りるのに時間がかかるんだよな？」

「そうですね……比較的人気のない本でも、半月くらいはかかります」

「じゃあ、とりあえず『攻撃魔法便覧』を読んでみることにするよ」

「分かりました。……本当に難しい本なんですけど、読んでみれば分かると思います」

そう言って受付嬢が、ギルドの棚から本を持ってくる。
そして、俺のギルドカードを何やらスキャンしてから、本を俺に渡した。
……本は分厚く、ずっしりと重かった。
1000ページくらいありそうだ。とてもではないが、全《すべ》て読破する気は起きないな。
適当に、使えそうな部分だけ読むことにしよう。

「返却期限は1週間後なので、それまでに返してくださいね。それと、持ったまま依頼に行くのはダメですよ」

「分かった」

俺は本を受け取り、すぐに開く。
すると――この本に人気がない理由が、すぐに分かった。
魔法陣について書かれている理論は、ひどく複雑で――しかも、間違っていた。

攻撃魔法がどうとかいうレベルではない。

小学生で習うレベルの、魔法陣の基本さえできていないのだ。

何の意味もない、ただ魔法の魔力消費を増やして威力を落とすような、誰かが魔法を使う奴《やつ》の邪魔をするために作られたような罠《わな》が、魔法陣の中に大量に仕込まれている。

こんな本を読んでいたら、魔法使いが弱くなるのも納得がいく。

不人気で当然だ。

「この本の魔法陣、間違ってないか？」

「間違ってなんていませんよ。『攻撃魔法便覧』は難しい本ですけど、中身の正確さには定評があります」

俺の言葉を聞いて、受付嬢が当然のことを言うかのように答えた。

……どう見ても、間違っているようにしか思えないのだが……。

「人気の本を読めば、もっといい魔法陣が載ってたりするんじゃないのか？」

「ありません。……そもそも初心者冒険者さんに人気の本は、その『攻撃魔法便覧』の内容を分かりやすく書いて、載っている魔法陣のうち使いやすいものを写したみたいなやつです。なので『攻撃魔法便覧』が間違っているとしたら、このギルドにある本はほとんど全部間違ってるってことになりますね」

なんてことだ。
初心者向けの本が、こんなにも役に立たないとは。

――いや。
まだそう考えるのは早い。

俺が知っている魔法陣理論は、平和な世界で使うような魔法を作るための理論だ。
もしかしたら攻撃魔法では、特殊な魔法構成が必要になるのかもしれない。

……一見何の意味もないところに、実は意味がある。
その可能性に思い至った時、俺は決めた。

「……試してみるか」

魔法が使えるかどうかなら、試してみるのが一番手っ取り早い。
そうすれば、平和的な魔法と攻撃魔法の違いが分かるだろう。

「魔法の練習って、どこでやればいいんだ？　本を持ったまま依頼を受けちゃいけないんだよな？」

「練習なら、町の西側にある森でやる人が多いです。本を持って町を出るのは基本禁止ですけど、西の森は魔物がほとんどいないので、あそこだけは持っていっても大丈夫なことになっているんです」

なるほど。
森で魔法の練習をすれば、失敗しても誰にも迷惑がかからないという訳か。

「ありがとう。練習してくるよ」

「はい。お気をつけて」

そう会話を交わして、俺は街の西の森へと向かった。

◇

「さて……試しに使ってみるか」

そう言って俺は『攻撃魔法便覧』を取り出し、最初の方に書かれていた魔法陣を見る。

魔法陣の解説文には、この魔法の原理がどうの、魔法陣の意味がどうのと間違った説明が長々と書かれているが——要は炎の弾を出して敵を攻撃する魔法らしい。

「……なんだこの非効率な魔法は……」

攻撃魔法の魔法陣は、思ったよりも複雑だった。

魔法情報端末に書いてあった雷魔法はシンプルだったのに、この魔法は嫌がらせかと思うくらい線が多い。

魔法陣は基本的に線が多くなるほど組みにくくなり、魔法陣を組む作業の難易度も上がっていく。

この魔法陣は、意味のありそうな部分だけを取り出せば雷魔法よりも単純なのだが……そこに意味のなさそうな魔法陣が大量に入って、とても複雑になっている。

……こんな魔法陣を組むなら、確かに杖《つえ》が欲しくなるのも分からないではないな。

それでも、何とか組み上げるのに成功した。

そして俺が、魔法の的として近くの木を指定すると——火の玉が弱々しく飛んでいき、木に当たって消えた。

なんというか、初心者講習の時に教官が組んでいた魔法とすごく似ている。

あの時教官が使った魔法は、これだったのかもしれない。

そんなことを考えながら、俺は収納魔法からノートとペンを取り出した。

前世で収納魔法に入れていたものだが、取り出せてよかった。

「これはいらない、これもいらない……」

俺はノートに書き写した魔法陣の、いらない場所に×をつけていく。

俺がやっているのは、魔法陣構成の効率化作業だ。

魔法陣が無駄に複雑で性能低下を招いているのなら、自分で効率化させてしまえばいい。

……魔法陣の効率化は、専門的な知識と微妙な調整が必要な難しい作業だった。

だが、この魔法陣を効率化するのは簡単極《きわ》まりない。

なにしろ魔法陣の9割以上が、魔法の発動に不要な——というか、全く意味のない部分なのだから。

「これでいいか」

とりあえず、明らかに不要な部分だけ取り除いてみた。

それだけで、魔法陣に含まれる線の数は10分の1以下になっていた。

完成した魔法を、俺は木に撃ち込んでみる。

すると——先ほどとは比べものにならないほど力強い炎が飛んでいき、木に当たって爆発《ばくはつ》した。

木に火がつくところまでは行っていないようだが——先ほどまでに比べたら、大きな進歩だ。

やはり魔法陣に含まれた余計な部分が、足を引っ張っていたらしい。

それを削っただけで、この有様《ありさま》だ。


「さて……もうちょっと効率化できるな」


今やった、無意味な部分の省略は、小学校で習う程度の基本が分かっていればできることだ。

それだけでも十分な成果なのだが——まだ効率化の余地がある。

魔法陣は、いくつかの線のパターンを組み合わせて作られている。

その線の太さを変えることで、魔法陣の根本的な性質は変えないまま、出力を上げたり魔力消費を減らしたりできるのだ。

本に書いてあった魔法陣は、全ての線が同じ太さで書かれていた。

これでは、魔力の無駄が多くなってしまう。

制御用に使う魔力が通る線は、最小の太さで十分だ。

この炎魔法で言えば、炎が飛んでいく方向を決める魔力の線などがそれにあたる。

逆にメインの魔力回路――この魔法で言えば炎を生成する部分は、かなり太くしなければならない。

そのようにして俺は、魔法にチューニングを施していく。

……ちなみに、この世界に来てから初めて使った雷魔法には、最初からこの程度のチューニングは施されていた。

「こんなもんか」

俺はそう言って、魔法を組み上げる。
すると炎が木に当たって、木が燃え始めた。

「おっと」

俺は急いで木についた炎を消火した。
山火事を起こすわけにはいかない。

「……まあ、何種類か欲しいところだな」

そう言って俺は、『攻撃魔法便覧』をめくり、そこに書いてある魔法陣を見ては、効率化を施してノートにメモしていく。
解説などを読まず、魔法陣の部分だけ見て効率化していくので、作業はどんどん進んでいった。

——そうして、数時間後。

「終わりか」

ついに俺は、最後のページに書いてあった魔法陣の効率化を終えた。

けっこうな時間がかかってしまった。

だが、その成果はあった。

自作の、攻撃魔法ノートだ。

ノートは丸々1冊、効率化後の魔法陣で埋まっている。

1個ずつ試していると日が暮れてしまうので、試すのは使いそうな時になるが……これだけ手持ちの魔法があれば、だいぶ戦いやすくなりそうだ。

雷魔法一種類だけでは、心もとなかったからな。

そんなことを考えつつ、俺はノートを閉じようとして——最後のページが、まだ残っているのに気付いた。

1ページだけ残しておくのは、なんだかもったいない気がする。

……そうだ。

「オリジナル魔法、作ってみるか」

効率化のために攻撃魔法を色々見ている間に、攻撃魔法の仕組みがだいぶ分かってきた。

ここは一つ、攻撃魔法でも作ってみるか。

◇

そうして、日が暮れてきた頃。

「できた！」

何時間も考えた末、俺は一つの魔法陣を完成させた。

俺が作ったのは、とにかく強力な攻撃魔法だ。

『攻撃魔法便覧』に載っていた攻撃魔法は全て、魔力消費が小さく気軽に使えるような魔法が多かった。

それはそれで便利なのだが、いざとなった時に使う魔法としては、魔力消費が多くても高威力なものが欲しい。


そう考えて作ったのが——この魔法陣だ。

魔力消費は、俺の全魔力のおよそ8割。

『攻撃魔法便覧』を基に効率化して作った魔法に比べると、実に数百倍の魔力を一撃で消費してしまうことになる。


さらに、魔法陣自体も複雑だ。

『攻撃魔法便覧』に書いてあった魔法も効率化前はそれなりに複雑だったが、この魔法陣はそれに比べてもまだ難しい。

……これを実戦で使うには、杖が必要になりそうだな。


その代わり、この魔法は『恐らく』強力だ。

『恐らく』がつくのは――実際に使って試してみる勇気がなかったからだ。

今まで俺が使った攻撃魔法は、他の人が作ったものだったり、すでに本に書かれていた魔法を効率化したりして作ったものばかりだった。

自分が一から組んだ魔法陣で攻撃魔法を発動するのは、かなり勇気が必要になる。

……なにしろ、この魔法の威力は、理論上ほかの攻撃魔法とは比べものにならない。

もし手元で暴発させたりしたら、即死してもおかしくないのだ。

この魔法は、必要な時が来た時にだけ使おう。

できれば、この魔法が必要になる時など来ないことを祈るが。

そんなことを考えつつ、俺は攻撃魔法ノートを閉じた。

「……帰るか」

そう言って俺は、森を後にした。

明日は本格的に依頼を受けて、今日効率化した魔法を実戦投入してみるか。

◇

翌朝。

町の宿で一泊した俺は、宿で朝食を取ってからギルドへと向かっていた。


「おお、随分多いな……」


ギルドから町の外へと向かう道は、依頼に行く冒険者でいっぱいだった。

逆に、ギルドに向かっている人はほとんどいない。

俺は少し不思議に思いながらも、ギルドへと向かって歩いていった。

そうしてギルドに入ると——ギルドに向かう冒険者が少なかった理由が分かった。

ギルドの入り口には、依頼書が貼《は》ってある掲示板があるのだが——その掲示板には、わずかな数の依頼しか残っていなかったのだ。

代わりに依頼窓口には、依頼書を持った冒険者が列をなしている。

「依頼って、取り合いなのか？」

ちょうど通りがかった教官に、俺はそう聞いてみた。

すると教官が、答えてくれる。

「おう！　マイニーアの朝は、依頼争奪戦から始まる！　……その様子だと、知らなかったクチか？」

「なにしろ、依頼を初めて受けるもんでな。……まあ、まだ残っててよかったよ」

そう言って俺は、残っていた依頼を手に取った。

依頼内容は『古代遺跡の産物（魔法石）回収』と書かれている。

「この依頼、俺が受けても大丈夫か？」

「……その依頼は難しいぞ！　残った依頼では一番マシだがな！」

そう言って教官は、訓練所へと走っていった。

……難しい依頼なのか。

窓口で話を聞いて、危険な依頼っぽかったらやめておこう。

そんなことを考えつつ、長蛇の列に並ぶこと数十分後。

俺が窓口へと辿《たど》り着く頃には、もうギルドの中に他の冒険者はほとんど残っていなかった。

「この依頼、難しいって聞いたんだが……どうなんだ？」

俺は後ろに待っている人がいないのを確認しながら、受付嬢に聞く。

すると受付嬢が、依頼について教えてくれた。

「ああ、その依頼ですか。確かに達成率はとても低いですね」

「危険なのか？」

「危険度で言えば、Ｆランク冒険者が受ける依頼の中でも最も安全な部類です。しかし古代遺跡はすでに魔法石が採り尽くされていて、ほとんど残っていないんですよ」

なるほど、それで最後まで依頼が残っていたという訳か。
まあ、危険がないなら行ってみよう。

「何か、依頼達成のコツとかはあるか？」

「そうですね……人が入りやすい場所はすでに採り尽くされているので、見つけにくい場所や入りにくい場所に入るのがいいかもしれません。壊せそうなところを壊して未探索領域を探すのが、セオリーになってます。……安全には気をつけた方がいいですけどね」

「ありがとう」

そう言って俺は、依頼を受注し――ギルド入り口にある地図を確認した。

この街の近くだけで、遺跡は6つもあるようだ。

随分と遺跡が多いんだな。

そんなことを考えつつ俺は、目的地を決める。

依頼を達成するためには、できるだけ人が少ない場所がいいだろう。

町の近くは恐らく人がもう入っているし……行くなら、町から遠い遺跡だな。

一番遠い遺跡だと、同じ考えの奴らが集中していそうだし、狙《ねら》い目は2、3番目に遠い遺跡か。

「よし」

目的の遺跡は決まった。

俺は地図をノートにメモすると、町を出て遺跡の方へと走り出した。

第四章

それから1時間後。

俺《おれ》は魔物に出会うこともなく、無事に遺跡へと辿《たど》り着いていた。


「ここが遺跡か……」


遺跡に行く人はそれなりにいたらしく、森の中を移動して遺跡に向かうルートは草が踏み倒され、道のような状態になっていた。

だが、新しい足跡はない。

恐らく遺跡の魔法石などが採り尽くされた結果、わざわざこんな場所に来る者はほとんどいなくなったのだろう。


そんなことを考えつつ俺は、遺跡の中に入る。

いくら安全な依頼だとはいっても、魔物などがいてもおかしくないので、一応気をつけておこう。

何かあったら、すぐに魔法で迎撃だ。

……そうして警戒しつつも、俺は遺跡の中を探索し始めた。

「……なんていうか、遺跡の方が建物はハイテクなんだな」

マイニーアの町にある建物は、主にレンガなどでできていた。

あれでは恐らく耐震性能も低いし、高層建築ができないのは建材の性能不足かもしれない。

だがこの遺跡は、鉄筋コンクリート製だった。

前世の時代で使われていた建築方式に近い。

この方法なら、数十階建ての建物なども造ることができる。

中の鉄筋を魔法で強化したり、魔法で重力を軽減したりすれば、１００階建てを超えるような高層建築すら可能だ。

……まあコストの関係などがあるので、前世の時代でもそこまで高い建物は少なかったのだが。

そんなことを考えつつ探索を続けていると……壁に文字が書かれていた。

『魔力流す、ここに、扉が開く』

文字の下には、小さな丸い印がついている。
なんとも不自然な文法だが、言いたいことは何となく分かる。
恐らく、印に魔力を流すと扉が開くのだろう。

……隠し扉というと、お宝がありそうな感じだが……この扉は、全然隠れていない。
こんなに分かりやすく書いてあるのだから、もうすでに誰《だれ》かが開けていそうだな。

そう思いつつも俺は、印のある場所に魔力を流してみた。
すると……。

ゴゴゴゴ…………という音と共に、扉がゆっくりと開いた。
それと同時に、なにやらナイフのようなものが飛んでくる。
よく見るとナイフには足がついており、それを使って俺に向かって跳躍したようだ。
こいつ……魔物か。

「おっと」

俺はとっさにそれを回避しながら、雷魔法をナイフ魔物へと撃ち込んだ。

「ギッ……」

雷魔法を受けたナイフ魔物は、そんな音を立てながら壊れ、地面に落ちた。
そして、もう動かない。
どうやら、ナイフ魔物を倒せたようだ。
雷魔法はとても速いので、こういう時に便利だ。

相手が素早く動いても、外れないからな。

そう言いながら俺は、俺を襲撃しようとしたナイフ魔物を拾い上げた。

ナイフ魔物は、意外と大きい。刃渡り30センチくらいだ。刃の根元には綺麗《きれい》な石がはまっている。

「さて……これは何だ？」

そして根元の辺りには、２本の機械じみた足がついている。

恐らくこれを使って、俺に向かって跳躍したのだろう。

ナイフ魔物が俺をめがけて跳躍したのは間違いないが……それが生物であるようには見えなかった。

魔物というよりは、どちらかというと魔法機械に近い印象を受ける。

前世で人工魔法知能《デウス・エクス・マキナ》が暴走した時には、暴走魔法機械が大量発生したことがあった。

その時には確か、雷系の魔法兵器でまとめて殲滅《せんめつ》したという話だったな。
今のも一撃で倒せたし、このタイプの魔物を相手にする時には、とりあえず雷魔法を使うのがいいかもしれない。

そんなことを考えつつ、倒した魔物を収納魔法にしまい、俺は先へと進む。
怪我《けが》はなかったが、とりあえず攻撃されたことは間違いない。
気を引き締めよう。

……それから、しばらく進んだ頃。
俺は通路の奥に、封鎖された扉があるのを見つけた。
扉が開けられた形跡はない。
……これを開ければ、この遺跡の未探索領域につながっているかもしれない。
期待ができそうだ。

「さて……開くかな？」

そう言って俺はドアノブを引いてみるが……扉は開かなかった。

どうやら、鍵《かぎ》がかかっているようだ。

だが、扉自体はさほど頑丈ではなさそうだな。

このくらいなら、蝶番《ちょうつがい》を壊せば入れそうだ。

「よっと」

俺は扉から離れ、扉の蝶番（2つあるようだ）に『攻撃魔法便覧』を基に改良した爆発《ばくはつ》系の魔法を撃ち込む。

蝶番は、一撃で壊れた。

「よし、いけるぞ！」

俺はそう言いながら、もう片方の蝶番にも爆発魔法を撃ち込んで破壊した。

すると、蝶番を失った扉が、ゆっくりと内側へ倒れ込んだ。

そして――大量のナイフ魔物が、一斉に飛びかかってきた！

「ちょ、マジか！」

俺はさっきまで使っていた爆発魔法をもう一度使って迎撃しようとする。

ナイフに命中した爆発魔法は、数本のナイフ魔物を吹き飛ばして倒したが――焼け石に水といった感じだ。

俺を襲撃しようとするナイフは、ざっと見ただけで１００本以上ある。

――そうだ。こいつら相手には雷魔法を使うべきだと、さっき決めたばかりじゃないか。

そう思いだした俺は、即座に雷魔法を構築して近くのナイフ魔物に撃ち込んだ。

すると――ナイフ魔物に当たった雷が、近くにいた他のナイフ魔物へと連鎖した。

連鎖はどんどん続いていき、たった一発の雷魔法が、数十匹のナイフ魔物をまとめて無力化した。

「……いけるぞ！」

俺はさらに飛びかかってきた魔物に、同じ雷魔法を撃ち込む。

またも雷は近くの魔物へと連鎖し、無力化した。

——そうして5回ほど雷魔法を撃ち込んだところで——襲撃が止《や》んだ。

どうやら、攻撃をしのぎきったようだ。

◇

「さて、どうするか」


それから数分後。

開いた扉から少し離れた位置で、俺は考え込んでいた。

戦闘開始時には100本ちょっとに見えたナイフだが、実際には200本以上あったようだ。

1本ずつ収納魔法にしまいながら数えたから、間違いない。

……正直、あれだけの襲撃を受けたドアにはもう近付きたくないが……せっかくナイフ魔物の襲撃を受けてまで開いた扉の中を見ないのは、もったいない気がする。
そう考えた俺は、覚悟を決めて扉の中をのぞき込んだ。

そこには……少し青みのかかった透明な球体が、大量に置かれていた。
数は、恐らく数百個だろう。

「これ、全部魔法石か……？」

そう言って俺は球体を拾い上げつつ、収納魔法から依頼書を取り出した。
そこには、魔法石の見分け方について書いてある。
魔法石は全《すべ》て、色付きで透明の球体らしい。
そして最も重要な見分け方は、魔力を流すと光るという点だそうだ。
それを見て俺は、透明の球体に魔力を流してみる。

すると……光った。

魔法石で間違いなさそうだな。

それと同時に、流した魔力が魔法石に吸い込まれるような感覚があった。

どうやらこの魔法石は、魔力を溜《た》め込《こ》む性質を持っているらしい。

前世の世界では『魔石』というものが魔力貯蔵に使われていたが、この世界ではこれが使われているのかもしれないな。

魔石は鉱山から採れたが、魔法石はどこから採れるのだろう。

そんなことを考えつつも、俺は目につく限りの魔法石を収納魔法に詰め込み始めた。

「よし、全部持って帰ろう」

思いがけず、依頼を達成してしまった。

ナイフ魔物達と戦ったかいがあるというものだ。

魔法石の買取価格は色によって違うらしいが、詳しいことは依頼書に書かれていなかったので、これはギルドの窓口で確認だな。

……とりあえず、依頼成功を喜んでおこう。

◇

その日の夕方。

俺は依頼成功を報告するために、ギルドへと戻っていた。

「依頼の報告だ」

「魔法石が見つかったんですか？」

「ああ。ラッキーだった」

そう言って俺は、収納魔法から青っぽい魔法石を取り出した。

「これなんだが……魔法石で合ってるか？」

「ちょっと見てみますね」

そう言って受付嬢が、魔法石をつまみ上げて魔力を流した。

石が光ったのを確認して、受付嬢が答える。

「間違いなく魔法石です。青の魔法石なんて、ラッキーですね！」

「そうなのか？」

「魔法石の中でも一番珍しくて、品質が高いのがこの青の魔法石です！　1個で3万ジーク近くになりますよ！」

1個で3万……。

「これ、結構沢山《たくさん》あるんだが……いくつ買い取れるんだ？」

「ギルド発行の常設依頼なので、達成個数に限度はありません。あるだけ買い取れますよ。沢山売れば、そのぶんランクアップにも近付きます！」

「……それはよかった」

そう言って俺は、遺跡から持ってきた魔法石を取り出して、カウンターの上に置く。

全部で、２４０個ある。

「な……何ですかこの数は⁉」

「多分２４０個だ」

「そういうことを聞いてるんじゃなくて……何でこんなに大量の魔法石が⁉　しかも、全部青の魔法石！」

「遺跡に隠し部屋があって、そこを開けたら中にあったんだ。……こういうのって珍しいのか？」

「珍しいなんてものじゃないですよ！　確かに魔法石はまとまって見つかることが多いですが、それは10個や20個の話です！　１００個以上見つかった例なんて、過去に1回しかないですよ!?」

なるほど。

あの隠し部屋を見つけたのは、超ラッキーだったというわけだな。

……壁に書いてある文字に従って扉を開いて、その後は適当に探索をしたらあの部屋が見つかったのだが……今まで誰も見つけていなかったのが不思議なくらいだった。

まあ、あそこが未探索領域だったのは、まさにラッキーって感じだな。

「……この数だと、流石《さすが》に買い取れないか？」

「青の魔法石１００個くらいなら、ギルドにとって問題がある数ではありません。むしろ、すごい実績になりますよ！」

「実績？」

「はい！　ランクアップに必要な貢献度が、この依頼だけで足りてしまうくらいです！」


ランクアップ。

冒険者には、ランクというものがある。

ギルドへの貢献度や冒険者としての強さを表すのがランクで、ランクが上がるほど受けられる依頼が増えて、報酬を得やすくなるのだ。


ランクアップには、２つの条件があり、両方を満たすとランクが上がるようだ。


一つは依頼を沢山成功させて、戦闘能力と依頼を達成する力を示すこと。

ランクアップに必要な依頼達成状況については、他にもランクによっていくつか条件があるようだ。

詳しい情報は公開されていないようだが……とりあえず達成回数が多くても、依頼失敗が多いとランクは上がらないらしい。

もう一つは、試験に合格すること。

ランクによって試験内容は違うが、低ランクのうちは教官が試験官になるらしい。

……と『新人冒険者の手引き』に書いてあった。

「『貢献度は』ということは……他に足りない条件があるということか？」

「ミナトさんは、まだ一度も討伐《とうばつ》系依頼を達成していませんよね？　最低でも討伐依頼を1回は達成しないと、Eランクには上がれないんですよ」

なるほど。

まあ、討伐系の依頼を一度も達成した経験のない奴《やつ》をEランクにする訳にはいかないよな。

「ところで討伐依頼って、どうやったら達成になるんだ？」

「依頼対象になっている魔物を討伐して、討伐証明部位をギルドに持ち込めば達成になりますよ」

……なるほど。

そういえば収納魔法に、この前倒したバースト・ボアの死体があるな。

あれでランクを上げられたりしないだろうか。


「もしかしてバースト・ボアって、依頼対象になってるか？」

「えっと……バースト・ボアの討伐は、一応Ｆランクでも受けられる依頼ですね」

一応、というのが引っかかるが……依頼はあるのか。

そう考えて俺が依頼掲示板を見回すと、バースト・ボアの依頼があった。

この時間でもまだ残っているということは、人気のない依頼のようだ。

俺はその依頼書をつかみ、カウンターに置く。

「じゃあ、これを受注する」

「……どうしてわざわざ、バースト・ボアの討伐を？」

「実はこの町に来る途中で、バースト・ボアを倒したんだ。……それを納品すれば依頼達成にならないか？」

依頼を受けてから討伐した魔物以外は認められないとかいう決まりがあればダメだが……それがなければ、この場ですぐにランクを上げられる。

そう期待していると……受付嬢が答えた。

「別に、受ける前に倒した魔物でも依頼は達成可能ですよ。そういう形で『受注して即達成』というのは、時々見るパターンです。……依頼が残っている保証はありませんけど」

なるほど。

人気の依頼だと、魔物を倒してから依頼を探しても、依頼が残っていないことがあるのか。

どうやら、今回は問題ないようだな。

「じゃあ、それで頼んだ。……討伐証明部位はどこだ？」

そう言って俺は、収納魔法からこの前倒したバースト・ボアを取り出して、カウンターの上に置いた。

収納魔法の中は時間が進まないので、まだ痛んでいることもない。

丸ごと収納しているので、恐らくどこかに討伐証明部位があるだろう。

そう考えていたのだが——受付嬢の反応は、期待とは違った。

俺が収納魔法からバースト・ボアを出したのを見て、受付嬢は驚いて目を見開き——すごい勢いで俺に聞いた。

「い、今、どこから出したんですか!?」

「収納魔法だが」

そう言ってから、受付嬢が驚いている理由が分かった。

そういえばこの世界では、収納魔法自体は普通にあるが、容量が少ないらしい。

そのせいで、魔物とかを入れることができる者はいないという話だ。

「あー。俺の収納魔法は色々事情があって、ちょっとだけ大きいんだ」

「ちょっとだけ⁉　バースト・ボアが入る収納魔法を、ちょっとだけ大きいなんて形容する人はいませんよ！　そういうのは、すごく大きいとか……とんでもなく大きいって言います！」

「じゃあ事情があって、すごく大きいんだ。属性とかの関係でな」

この世界では確か、5属性持ちは珍しかったはずだ。

それと組み合わせれば、なんとか納得してもらえるかもしれない。

「ご、5属性持ちとなると収納魔法まで大きいんですね……！　バースト・ボアが入る収納魔法は規格外ですよ……って、バースト・ボア⁉」

「ああ。バースト・ボアだが……何か問題あるか？」

「これ、誰が倒したんですか？」

バースト・ボアを見て、受付嬢はそう俺に聞いた。

普通に考えて、他の奴が倒した魔物を俺が持っているはずがないと思うのだが……。

「俺だ」

「嘘《うそ》をついても、いいことはないですよ？」

「ジートリという商人が、証人になってくれるはずだ」

商人だけに、証人。

などと下らないダジャレを考えていると——受付嬢が驚いた顔で言った。

「ジートリさんって、あのジートリ商会のジートリさんですか？」

「多分そのジートリだ」

「ほ、本当にバースト・ボアを……」

ジートリの名前を聞いて、受付嬢は俺の言葉を信用する気になったようだ。

……ジートリって、意外と信用されてるんだな。

「ミナトさんって、魔法使いじゃなかったんですか？　パーティーも組んでないですよね？」

「ああ。魔法使いだ。パーティーを組んだこともない」

そういえば商人のジートリが、バースト・ボアは魔法が効きにくくて魔法使いメインのパーティーだと討伐が難しいとか言っていたな。

……ギルド教官の話を聞く限り、そもそも魔法使いメインのパーティーなんてものは少なさそうだが。

「そ、そのミナトさんが。一人でバースト・ボアを？」

「バースト・ボアによく効く魔法があって、それを使ったんだ」

「教官の人達が、ミナトさんは規格外だって言ってましたが……その理由が分かった気がします……！」

そんなことを言いながら受付嬢が、依頼書を処理する。

それから手を差し出して、俺に聞いた。

「依頼の達成処理をしますので、ギルドカードを貸してもらえますか？」

「ああ」

そう言って俺がギルドカードを渡すと、受付嬢がカードをカウンターの上の機械に通した。

それからギルドの奥に入って、金貨の入った袋を持ってくる。

「達成処理ができました。これが報酬です」

金貨の袋は、ずっしりと重い。

ここのところ、幸運続きだな。

……異世界に来たばかりなのに、随分と資金が稼げてしまった。

「あとランクアップに必要なのは、教官の試験ですが……」

そう言って受付嬢が、訓練場の方を見た。

するとちょうど、マギクス魔法教官が帰ってくる姿が見えた。

そのマギクス魔法教官に、受付嬢が話しかける。

「マギクスさん、ランクアップ試験できますか？」

「今はちょっと忙しいんだ。後でいいか？」

そう言ってマギクス魔法教官は、窓口のあるあたりを通り抜けようとする。

その途中で俺の姿に気付いて、マギクス教官は受付嬢に聞いた。

「ん？　もしかしてランクアップ試験対象者は、そこにいるミナトか？」

「はい。そうですよ」

それを聞くと、マギクス教官が受付嬢に言った。

「分かった。合格ってことにしておいてくれ」

「えっと、試験なしで合格ですか？　それでは規則違反になってしまいますが……」

「……じゃあ仕方ない。試験をやってやる。面接試験だ」

そう言って魔法教官が、俺の方を向いた。

……面接か。

この世界の常識など全く知らないのだが、大丈夫だろうか。

そんなことを考えている俺に、マギクス教官が聞いた。

「お前、Eランクになる気はあるか？」

「ああ」

「よし、合格だ」

そう言って教官が、受験票に合格と書いた。

それから受験票をギルドのカウンターに置き、自分の名前をサインする。

その様子を見て、受付嬢は口をぽかーんと開けた。

どうやら、困惑しているようだ。

「……えっと、終わりですか？」

「合格するのが分かりきっている試験をやるほど暇じゃないもんでな。俺は面接試験を行った。ミナトは合格した。これでいいだろう」

受付嬢の言葉に、マギクス教官はそう答えた。

そしてギルドの奥に置いてあった木材のようなものを持つと、訓練所へと戻っていく。

どうやらマギクス教官は、あの木材をギルドに取りに来たようだ。

そのついでに、俺の昇格試験を行ったという訳か。

「これ、いいのか？」

俺は受験票を受け取った受付嬢に、そう聞いた。

すると受付嬢は、にこやかに答えた。

「えっと……教官が合格って言ってるので、多分オーケーかと……」

どうやら無条件合格は、時々あることのようだった。

まあ、楽だからいいか。

そんなことを考えているうちに手続きが進み、ギルドカードが更新された。

これで俺も、今日からEランクだ。

……明日こそはまともな依頼を手に入れたいところだ。

第五章

さて……まだ夕暮れまでは結構時間があるが、なにかいい依頼はないだろうか。

初心者向けの人気依頼はもうないはずだが、穴場の依頼があるかもしれない。

そう考えて依頼を見ていると……受付嬢が、俺《おれ》に話しかけてきた。

「あの……もしかして、依頼をお探しですか？」

「ああ。……人気依頼はもうないだろうけど、何とかなりそうな依頼がないかと思ってな」

「それなら、ミナトさんにお願いしたい依頼があるんです」

前世の世界は、戦闘用以外の魔法がなかなか豊富だった。

ああいう依頼を見つければ、不人気依頼でもいい感じに達成できるかもしれない。

……などと考えていたのだが、まさかギルド側から俺に依頼を頼みに来るとは思わなかった。

「……どういう依頼だ？」

依頼の内容は、ちゃんと聞いておかなければいけないだろう。

Eランクになりたての相手を指名しての依頼なんて、どう考えても怪しい。

依頼が奪いあいになるほど沢山《たくさん》の冒険者がいる状況なら、なおさらだ。

俺が警戒していると……受付嬢は、1枚の依頼書を差し出した。

「これが、お願いしたい依頼です。普通は、高位の魔法使いに出す依頼なんですけど……教官さん達が、ミナトさんに任せてみろって言っていたんです」

指名依頼：マギア鋼の強化

指名対象：ミナト

依頼内容：防具の材料に使われるマギア鋼を、強化してもらいたい。報酬は最低1万ジークから100万ジーク。出来上がったマギア鋼の品質によって決定する。

……よく分からないな。

マギア鋼とは、いったいなんだろう。

「これ、どういう依頼なんだ？」

「この金属に、魔力を込めるだけですよ。……マギア鋼は、魔力を吸収して頑丈になったり、火に強くなったりする性質があるんです」

なるほど。

強化というのはそういうことか。

「……その依頼を、なんで俺に？」

「マギア鋼は、込められた魔力の属性によって強化の効果が違うんです。火属性の魔力を込められると火に強くなりますし、土属性ならとっても硬く、頑丈になります。……だから、属性が多い方がいいんです」

……属性が多いと、色々な効果がついて有利という訳か。
それなら、使える魔法の属性が多い俺に依頼を出すのも分かるな。

「つまり、6属性全部使える賢者の魔力が一番いいのか？」

「実は、一番いいのは……ミナトさんみたいな5属性なんです」

受付嬢は、意外な答えを返してきた。
属性が多い方がいいのに、6属性全部は使えない方がいいのだろうか。

「なんで5属性なんだ？」

「えっと……賢者の人の魔力って、ちょっと特殊みたいで……今まで、強化の成功例がないんです。だから、5属性が一番いいって言われてるんです」

……それだと、俺の魔力でやっても失敗するんじゃないだろうか。

俺、本当は賢者だし。

そう考えていると……受付嬢が慌てて言った。

「あっ、失敗は時々ありますけど、賠償とかはないので大丈夫です！　それでも最低報酬の1万ジークはもらえます！」

「……、失敗しても1万ジークもらえて、大成功なら100万ジークもらえるってことか？」

「はい！　……とはいっても、100万ジークっていうのは念のために設定しただけだと思います！　どんなに高位の冒険者さんでも、マギア鋼の強化だけで100万ジークなんて聞いたことありません！」

どうやら100万というのは、ほぼあり得ない報酬のようだ。

まあ、魔力を込めるだけで100万ジークをもらえるようなうまい話はないか。

そもそも、ただ魔力を込めるだけで最低1万ジークをもらえるだけで、破格の報酬だし。

……失敗する可能性は高いが……せっかく依頼をもらったのだから、やってみるか。
なんか、断ってほしくなさそうな雰囲気だし。

「分かった。受けよう」

幸い、魔力はまだまだ余っている。
こんなに条件のいい依頼も、珍しい。

「ありがとうございます！　……教官さん達、喜ぶと思います！　ミナトさんの魔力でマギア鋼を作ったらどうなるか、みんな気になっていたみたいですから！」

そう言って受付嬢は、俺に1枚の蒼《あお》い鋼板を渡した。
どうやら、これがマギア鋼らしい。

「これに魔力を込めればいいのか？」

「はい！　強化が終わったら色が変わるので、すぐに分かりますよ」
言われて俺は、マギア鋼に魔力を込めてみる。
すると――淡い光と共に、鋼板が赤くなった。
その様子を見て、受付嬢が叫んだ。

「あ……赤⁉」

「……色が変わったな。これは……成功なのか？」

「赤って……最上級の色です！　しかも、こんなに鮮やかな赤……！」

そう言って受付嬢は、震える手で鋼を手に取り、よく観察する。
どうやら、大成功らしい。賢者の魔力だと成功しないという話はどうなったのだろう。
そう考えていると、受付嬢が顔を上げた。

「これ……本当に１００万ジークになってしまうかもしれません！」

「値段って、どうやって決めるんだ？」

「ギルド内で鑑定したり、硬さを確かめたりしての判定になりますけど……今日中には分かると思います……！」

なるほど。

果報は寝て待てというわけか。

「分かった。それまで待ってるよ」

「わ、分かりました！　……でも、ミナトさんの魔力って、本当にいったい何なんでしょう……？」

そう言って受付嬢は、深紅に染まったマギア鋼を見つめた。

◇

――それから、数時間後。

どうやらマギア鋼の強化は大成功だったようで、本当に１００万ジークがギルドから運ばれてきた。

賢者の魔力だと成功しないという話は、一体なんだったのだろうか。

……もしかしたら、俺の魔力は……今までの賢者とは、違うのかもしれないな。

いずれにしろ、マギア鋼強化の依頼はとても美味《おい》しいので、また同じ依頼があったら積極的に受けるようにしよう。

第六章

翌朝。
無事に早起きした俺《おれ》は、ギルドへと向かっていた。
まだ外はほとんど暗いが、このくらいの時間に出た方がいいらしい。
昨日と違って、ギルドから出てくる人はほとんどいない。
逆に、ギルドに向かっている冒険者が多いようだ。

「うわ……意外と混んでるな」

俺がギルドに入ると、ギルドの中はすでにかなり混雑していた。
まだ依頼は貼《は》られていないようだが、場所の取り合いはすでに始まっているらしく、依頼掲示板の付近は押し合いへし合いになっている。

だが……このくらいの混雑は、前世で何度か経験がある。

覚悟を決めて俺は、人混みの中へと飛び込んだ。

……この状況だと、がむしゃらに前に進むよりは、依頼のカウンターから遠い位置を狙《ねら》った方がよさそうだな。

依頼を確保した冒険者は、カウンターの方に向かって進むはずだ。

そうするとカウンターの逆側は、人口密度が低くなる。

今からでは一番前までは入れないので、最初に並んだ冒険者達が依頼を取った後の残りを狙うのが賢明だろう。

そんなことを考えていると、ギルド職員が宣言した。

「これから依頼を貼り出します！　ですが鐘が鳴るまで、絶対に依頼書を取らないでください！」

そうして、掲示板に依頼が貼られ始める。

その様子を冒険者達は緊張の面持ちで見守りつつ、どの依頼を狙いに行くべきか戦略を練る。

依頼争奪戦は、すでに始まっているのだ。

だが、誰《だれ》も依頼書には手を出そうとしない。

依頼書を取っていいのは、ギルドの合図——鐘が鳴ってからだ。

合図がある前に依頼書を取った冒険者は、依頼書没収のうえ3日間の依頼受注禁止処分になってしまうそうだ。

だから依頼の奪い合いで殺気立っている冒険者達も、この時だけは手を出さない。

そうして——鐘が鳴った。

「よっしゃ！　ゲット！」

「おい、俺のだぞ！」

「いてえ！」

鐘の音とともに、ギルドの中は戦場になった。

狙っていた依頼を取られた冒険者の怒りや失望の声と、狙った依頼の確保に成功した冒険者の喜ぶ声がギルドに響き渡る。

そんな中を前に進んで行き——ようやく俺が依頼掲示板の下に辿《たど》り着いた頃には、残った依頼は2割ほどになっていた。

この段階だと、もはや依頼をまともに選んでいる暇はない。

手の届く場所にある依頼の中で、一番マシそうなのを選ぶだけだ。

……まともに依頼を選びたかったら、あと1時間は早くギルドに来る必要があったのだろう。

そんなことを考えつつ、俺は一番近くにあった依頼に手を伸ばす。

ほぼ同時に——近くにいた冒険者が、同時に同じ依頼へと手を伸ばした。

だが、相手の方が少し早い。

俺は手を限界まで伸ばさなければ依頼書に届かない位置にいたが、相手はもう少し依頼書に近かったのだ。

あきらめて他の依頼書を狙おう。

そう考え始めたところで――相手の冒険者が、急に他の依頼へと狙いを変更した。

……譲ってくれたのだろうか。

そう疑問に思いつつも、俺は依頼書を手に入れたのだった。

◇

それから、およそ10分後。

俺は無事に手に入れた依頼書を持って、依頼窓口に並んでいた。

待っている間に、手に入れた依頼の内容を確認しておくか。

――――――――――

採取依頼　：ムシクアレ草の採取

要求ランク：指定なし
報酬　　　：1本につき300ジーク
依頼内容　：ムシクアレ草の採取および納品。ムシクアレ草は、マイニーア付近の森ならどこにでも生えている。ただし虫食いのあるものは納品を認めない。

どうやら俺が確保したのは、無難な薬草採りの依頼らしい。

遺跡の探索に比べれば、だいぶやりやすそうだな。

運任せというよりは、地道に数を稼ぐ依頼になりそうだ。

「次の方、どうぞー」

依頼内容を確認している間に、俺の順番が来たようだ。

俺は用意していたギルドカードと依頼書を受付嬢に渡して言った。

「受注手続きを頼む」

「分かりま……」

そう言って受付嬢は依頼を見た後――俺の顔を見た。

「分かりました。手続きしますね」

それから受付嬢は、手続きに戻った。

……依頼書を処理する受付嬢のお姉さんが、かわいそうなものを見るような目を俺に向けていたような気がするが……きっと気のせいだろう。

窓口には大勢の冒険者が並んでいるため、受付嬢達も急いでいるようだ。

普段のように冒険者と会話しながら手続きをすることはなく、とにかく手早く依頼を処理している。

俺の受注手続きも、わずか20秒ほどで終わった。

「手続きが終わりました。お気をつけて。……次の方どうぞー」

そんな言葉と共に、俺は受注印の押された依頼書とギルドカードを受け取る。

……どうやら目的の薬草は、どこにでも生えているらしい。

薬草の見分け方は、依頼書の裏面に書いてあるが……できればどこに行けば見つかりやすいのかを聞いておきたいところだ。

だが……。

「まあ、無理か」

人で埋まった窓口を見て、俺はそう呟《つぶや》いた。

残念ながら、おすすめの依頼場所などを聞くのは難しそうだ。

……とりあえず近くの森で探してみて、なければ窓口が暇になった頃に戻ってくるか。

◇

「……あった」

ギルドを出てから、わずか5分後。
俺は目当ての『ムシクアレ草』を見つけた。
森に行くどころか、町を出ようとしたところの道の脇《わき》に生えていたのだ。
いくらなんでも、簡単過ぎないだろうか。
そう考えつつ俺は、地面からムシクアレ草を引き抜いた。
ムシクアレ草はあまり頑丈ではないらしく、簡単に抜けた。

「……これ、本物か？」

あまりに簡単に見つかりすぎて、不安になってきた。
俺は依頼書を取り出し、そこに書いてある特徴とムシクアレ草の特徴を見比べる。

――どこからどう見ても、ムシクアレ草は本物だった。

ただし、この草は虫食いのようだ。

依頼には、虫に食われた草の納品は認めないと書いてあった。

残念ながら、これは納品できない。

だが、見つけやすい薬草みたいで助かった。

受付嬢の反応が微妙だったので、またハズレの依頼を引いてしまったかと心配していたのだが……どうやら杞憂《きゆう》だったようだ。

さて、今度こそ虫に食われていないムシクアレ草を探すとしよう。

◇

……ムシクアレ草を探し始めてから1時間後。

俺はこの依頼の、本当の恐ろしさを思い知っていた。

ムシクアレ草は、ことごとく虫に食われていたのだ。

1時間探し回って、数百本ものムシクアレ草を観察し――虫に食われていなかったムシクアレ草を、1本だけみつけることができた。

この依頼、意外と難しいぞ。

――などと考えた矢先、俺は前世で使っていた魔法に、この状況を打開できる魔法があることに気がついた。

前世で使われていた園芸用の魔法に『虫食い修復』という魔法がある。

その名の通り、虫に食われてしまった草を修復する魔法だ。

収穫した後の野菜などにも効くので、前世では出荷直前の野菜に『虫食い修復』をかけるような仕事もあった。

正確には修復ではなく、虫食い部位の破壊と植物本来の回復力を活発化させることによる回復……らしいのだが、まあ治りさえすれば何でもいい。

前世では農業の現場や家庭菜園、ガーデニングなどで使われていた魔法だが……これをムシクアレ草にかければ、虫食いのムシクアレ草が宝の山に変わるんじゃないだろうか。

そう考えて俺は、手元にあった虫食いのムシクアレ草に『虫食い修復』をかけてみた。

『虫食い修復』は簡略化後の攻撃魔法より単純な上に、ほとんど魔力を消費しない魔法なので、気軽に試せる。

結果は――成功だった。

「よし！　いけるぞ！」


あちこちを虫に食われ、黄色くなっていたムシクアレ草は『虫食い修復』により完全に修復され、元気そうな緑色に変わった。

どこからどう見ても、正真正銘、虫食いのない完璧《かんぺき》なムシクアレ草だ。


――それから俺は、虫食いもおかまいなしで、とにかく大量のムシクアレ草を集め始めた。

ムシクアレ草は、虫食いでよければそれこそ雑草のように生えている。

場所によっては、地面に生えている草を適当につかみ取ったら、半分くらいムシクアレ草と

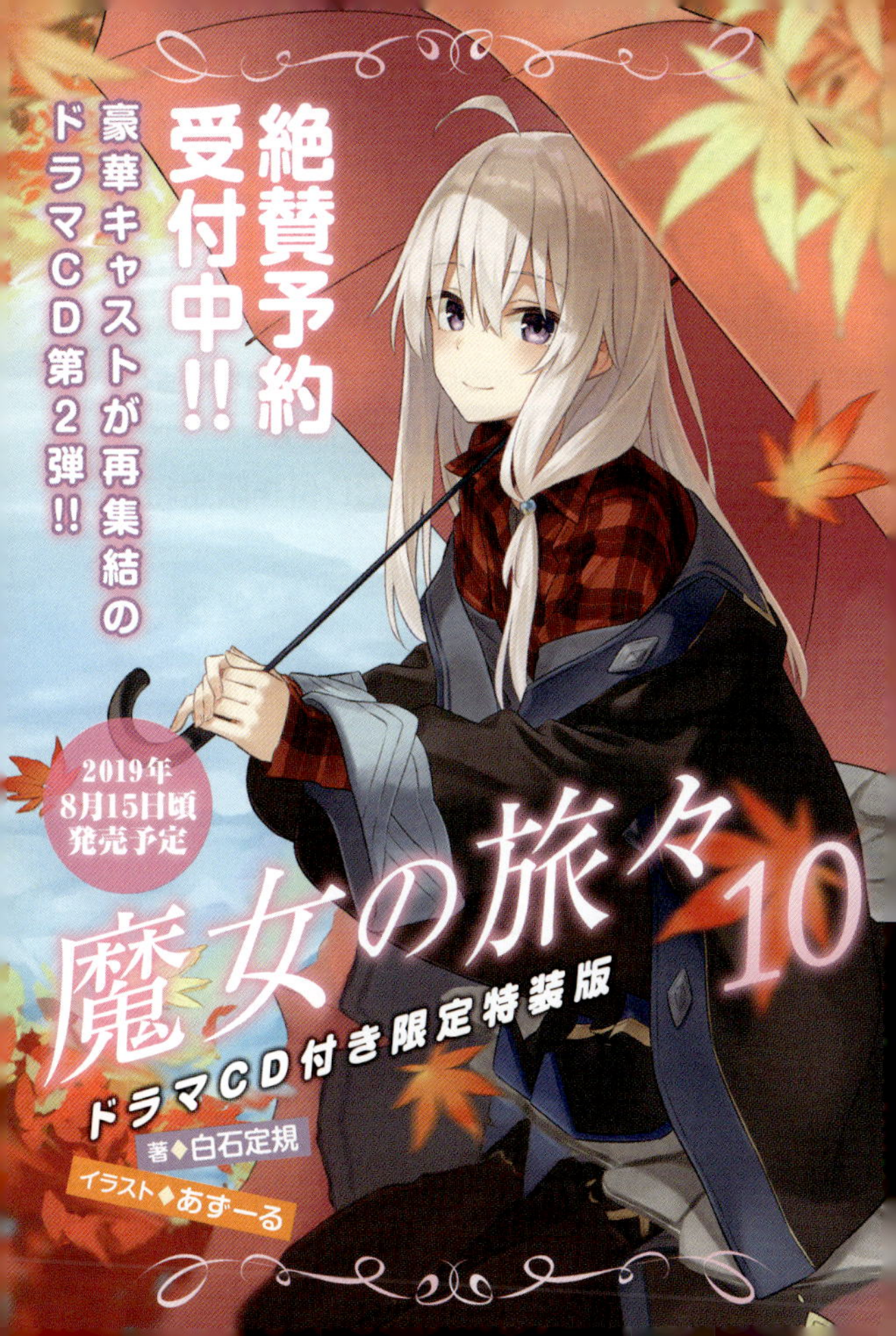

絶賛予約
受付中!!
豪華キャストが再集結の
ドラマCD第2弾!!
2019年
8月15日頃
発売予定
魔女の旅々10
ドラマCD付き限定特装版
著◆白石定規
イラスト◆あずーる

【予約注文書】 書籍扱い（買切）

この注文書に記入して、お近くの書店へお申し込みください。

【書店様へ】お客様からの注文書を弊社、営業までご送付ください。
（FAX可：FAX番号 03-5549-1211）
注文書の必着日は商品によって異なりますのでご注意ください。
お客様よりお預かりした個人情報は、予約集計のために使用し、それ以外の用途では使用いたしません。

限定版は書籍扱いの買取商品です。返品はお受けできませんのでご注意ください。

2019年8月15日頃発売

魔女の旅々10 ドラマCD付き限定特装版

著：白石定規　イラスト：あずーる
ISBN:978-4-8156-0171-3　価格(2,700円＋税)

お客様締切 **2019年5月31日（金曜日）**
弊社締切 **2019年6月3日（月曜日）**

部

お 客 様 申 し 込 み 部 分

住所

名前

電話番号

書店印

商品お問い合わせ窓口
SBクリエイティブ 商品部
TEL:03-5549-1200
FAX:03-5549-1211

【予約注文書】書籍扱い（買切）

この注文書に記入して、お近くの書店へお申し込みください。

【書店様へ】お客様からの注文書を弊社、営業までご送付ください。

（FAX可：FAX番号 03-5549-1211）

注文書の必着日は商品によって異なりますのでご注意ください。

お客様よりお預かりした個人情報は、予約集計のために使用し、それ以外の用途では使用いたしません。

限定版は書籍扱いの買取商品です。返品はお受けできませんのでご注意ください。

2019年8月15日頃発売

りゅうおうのおしごと！11 ドラマCD付き限定特装版

著：白鳥士郎　イラスト：しらび

ISBN:978-4-8156-0296-3　価格(2,400円＋税)

お客様締切 **2019年6月7日（金曜日）**

弊社締切 **2019年6月10日（月曜日）**

部

お客様申し込み部分

住所

名前

電話番号

書店印

商品お問い合わせ窓口

SBクリエイティブ 商品部

TEL:03-5549-1200

FAX:03-5549-1211

りゅうおうのおしごと! 11
ドラマCD付き限定特装版
著◉白鳥士郎
イラスト◉しらび
2019年
8月15日頃
発売予定
白鳥士郎書き下ろしシナリオ!
絶賛予約受付中!!

いったレベルだ。


途中からは選別すら面倒になって、抜いた草を全部まとめて収納魔法に放り込むことにした。

俺が使っている収納魔法は便利なことに、収納したものを自動で分類整理して、取り出しやすいようにしてくれる。

地面に生えている草を収納魔法に入れておいて、後でムシクアレ草だけ取り出せばいいのだ。

——そうして雑に作業を進める間に、約2万本ものムシクアレ草が集まった。

なにしろ雑草を引き抜いて収納魔法に詰めるだけなのだが、難しいはずがない。

あとは、最後の仕上げだ。


『虫食い修復!』


魔法の発動にかけ声などいらないが、あえて声に出して魔法を使ってみた。

すると虫食いだらけだったムシクアレ草達が、あっという間に完璧な状態へと変わっていく。

これで、1本300ジークのムシクアレ草が2万本。

合計6000万ジークである。

今までに稼いだ分と合わせれば、ちょっとした家くらいは建ってしまうかもしれない。

大収穫を喜びながら、俺はギルドへと戻る道を走り始めた。

◇

「依頼の報告をしたい」

「随分早かったんですね。虫食いに心を折られて、戻ってきましたか？」

俺が依頼達成を報告するために窓口に行くと、そこにいたのは依頼の受注手続きをしてくれた受付嬢だった。

どうやら俺が、虫食いに負けて依頼を諦《あきら》めたと思っていたらしい。

……まあ、まだ昼にもなっていないからな。

依頼を諦めて戻ってきたと思われるのも、無理はないかもしれない。

「いや、ムシクアレ草は無事に取ってきたぞ」

「……依頼書の裏面に書いてありますが、買取は最低5本からです。足りていますか？」

「ああ。足りてる。……逆に効くが、この依頼に上限はあるか？」

「上限は一応ありますが、確か2万5000本とかなので、気にしても仕方ない数ですね」

それはよかった。

結構ギリギリだったようだ。

俺は心の中で安堵《あんど》しつつ、収納魔法から1000本ほどのムシクアレ草を取りだした。

……全部取り出すと、カウンターに入りきらないからな。

「とりあえず1000本、買取を頼む」

それを見て……受付嬢は微妙な顔をした。

そして、諭すように俺に告げる。

「たまにいるんですよね、そういう人。虫食いを納品してもバレないと思っているのかもしれませんけど……ギルドには虫食い判別の達人がいますから、すぐバレますよ」

「虫食い判別の達人？」

「昔からギルド内では薬草の虫食いをチェックしていたんですが、長年虫食いチェックを続けているうちに、パッと見ただけで虫食いのムシクアレ草を見つけてしまう人が現れ始めたんですよ。今はその人が、虫食いを全部チェックしてます」

なるほど。

つまり何万本もあるからといって、チェックに何時間もとられることはないということだな。

ありがたい話だ。

「俺が納品したムシクアレ草に、虫食い品は混ざっていないはずだ。遠慮なくチェックしてくれ」

「……いいんですか？　納品したムシクアレ草に虫食いがあると、1本につき1000ジークの罰金になっちゃいますが……」

罰金か。

恐らく冒険者がギルドに虫食い品を売りつけるのを防ぐための措置だろう。

間違って虫食いを納品すると罰金だから、ちゃんとチェックして虫食いのないものを持ち込めということか。

「ああ。構わない」

俺が頷《うなず》いたのを見て、受付嬢は後ろを向いた。

そして、ギルドの中に呼びかける。

「ハンテさーん！　ムシクアレ草の、虫食いチェックお願いしまーす！」

「了解した！　今行くからちょっと待っててくれ！」

……それから数分後。

ギルドの奥から、年配の男が出てきた。

「ムシクアレ草か。若い冒険者なのに、こんな地道な依頼を受けるとは……感心なことだな。

それで、数は？」

「数は……およそ１０００本です」

それを聞いて年配の男は、訝《いぶか》しげな顔をした。

「罰金のことを教えてやらなかったのか？　こんな若い冒険者が罰金で借金漬けになったら、可哀想《かわいそう》だろ」

「教えたのですが、それでもこれを納品すると……」

そう言って受付嬢が、カウンターの上を指す。

すると……年配の男の目つきが変わった。

「……何だこれは！」

そう言って年配の男は、カウンターの上に載っていたムシクアレ草の山を、手でかきわける。

どうやら虫食いを探しているようだが――。

「ない！　虫食いがないぞ！」

「う、嘘《うそ》!?」

受付嬢の言葉を聞いて、年配の男が振り返る。

そして受付嬢に、ムシクアレ草を突きつけて言った。

「嘘なものか！　この青々とした色を見ろ！　正真正銘、一級品のムシクアレ草だ！」

そう言って男は、なおも虫食いのムシクアレ草を探す。

だが――やはり虫食いは見つからなかったようだ。

「……鑑定結果、全《すべ》て合格。そう書いておけ」

そう言って年配の男が、ギルドの奥へ戻っていこうとする。

その男を、俺は途中で呼び止めた。

「ちょっと待ってくれ。ムシクアレ草はまだあるんだ」

「……ほう？」

そう言って年配の男は、立ち止まった。

それから、こちらへ戻ってくる。

「あるなら、全て出してみろ」

「このカウンターじゃ、広さが足りないぞ？」

「そういう時には、こうすればいい。ギルドが空いている時間限定だがな」

そう言って年配の男は、窓口の間を仕切っていた板をはずし、横方向のスペースを広げた。

さらに、ギルドの奥から机を運んできて、窓口につける。

こうしてあっという間に、広いスペースができた。

「足りるか？」

「ああ。足りる」

そう言って俺は、収納魔法からムシクアレ草を取りだして、拡張された机に積み上げた。

その数、およそ2万本。

「ここまでの数……普通の手で集められるものではないな。一体どんな手を使って、ムシクアレ草を集めた？」

「企業秘密だ」

『虫食い修復』は、今の俺にとって貴重な魔法だ。

なにしろこれさえ使えれば、荒稼ぎができるのだから。

教えてと言われて教えるほど、俺はお人好《ひとよ》しではない。

冒険者は不安定な職業だ。

稼げるうちに、稼げるだけ稼いでおかなければ。

……まあ、事情次第では誰かに教えないとも限らないのだが。

この魔法以外にも、魔法を使った稼ぎ方は沢山《たくさん》ありそうだし。

「……まあ、当然と言えば当然か。……これほどの数となるとすぐに鑑定とはいかんが……報酬は明日で構わんか？」

「ああ。構わない」

「……例を言うよ。実は最近、薬に使うムシクアレ草が足りなくて困っていたんだ」

そう言って年配の男が、俺に向かって頭を下げた。

本当にありがたそうな表情だ。

「ムシクアレ草、足りなかったのか？？」

「ああ。昔からムシクアレ草は虫食いが多かったんだが、最近は特に虫食いの被害が多くなっていて、誰も依頼を受けてくれないような状況になっていたんだ。……これだけの量があれば、あと半年はもつけどな」

なるほど。

そうして不足が積み重なった結果、依頼対象の本数が２万５０００本まで膨《ふく》れ上がっていたのか。

普通なら、薬草ばかり2万5000本も納品されても困りそうだし。

「もしまたムシクアレ草が必要になったら、俺に言ってくれ。入手法を教えることはできないが、用意することはできる」

「その時には、またよろしく頼むよ」

そんな言葉を交わして、窓口を離れた。

さて……この時間だともうマトモな依頼は残っていなさそうだが、また魔法石探しにでも行くか？

そんなことを考えつつ、俺はギルドに残された依頼を眺める。

……残念ながら、魔法石探しの依頼はすでに残っていなかった。
それどころか、他の依頼すら全然残っていない。
どうやら今日は昨日にもまして、依頼が不足しているようだ。

依頼掲示板の隅っこの方に、2枚だけ依頼書が残っていたが……残った依頼は2枚とも、要求ランクがCランク以上だった。
Dランクなら薬草の件で功績が認められれば可能性が出てきたかもしれないが、Cランク要求ではどうしようもない。

そんなことを考えていると——一人の受付嬢が、依頼掲示板の前にやってきた。
そして掲示板に、1枚の依頼書を貼って戻っていこうとする。

その受付嬢に、俺は聞いた。

「依頼って、補充されることもあるのか?」

基本的にギルドの依頼は、朝に一度だけ貼り出される。
だからこそ、冒険者達は朝早くからギルドに集まって、依頼を奪い合うのだ。
途中で依頼が補充されるなら、それを待っているのも手かもしれない。

そう期待を込めての質問だったのだが——受付嬢の答えは、反応に困るものだった。

「日中にも依頼が貼り出されることはありますが、それは前に受注した人が依頼に失敗した場合だけです。他の街のギルドだと違うみたいですけど、マイニーアでは失敗依頼以外の途中補充はありません」

前任者が失敗した依頼か……。

失敗者が出るということは、難易度が高い依頼なのだろう。

そう考えて俺は、期待せずに依頼書を見る。

依頼内容　：攻撃魔法の使える冒険者募集！
依頼人　　：英知の探求者
ランク指定：なし
報酬　　　：および冒険の成果の取り分（応相談）。依頼達成時、最低保証金額30万ジーク。
依頼内容　：攻撃魔法を放つだけの簡単なお仕事です。攻撃魔法の威力を見るための試験があります。

――――――――


ただ攻撃魔法を放つだけで、30万ジーク。

普通の大人が、1ヶ月働かなければ稼げない額である。

……なんだか、ヤバそうな匂《にお》いのする依頼だ。

この依頼書が戻ってきたのは、恐らく前任者が試験で不合格になったからだろう。

ヤバそうな雰囲気はあるが――他に依頼がないのも事実だ。

受付嬢は暇そうにしているし、聞くだけ聞いてみるか。

「この依頼について、ちょっと聞きたいんだが」

俺は依頼書を持って、暇そうにしていた受付嬢に聞いた。

「はい。何ですか？」

「この依頼の前任者が失敗した理由と、依頼の中身を教えてくれ」

「前任者が誰かは言えませんが……それでもいいですか？」

俺の言葉に、受付嬢が質問を返した。

恐らく、守秘義務か何かあるのだろう。

「ああ。理由だけでいい」

「理由は、試験不合格です。依頼主『英知の探求者』が求める攻撃魔法の水準に達しなかったってことですね」

「『英知の探求者』って何だ？」

少なくとも、人名には見えない。

「冒険者のパーティーです。結構有名なパーティーなんですけど……知らないんですか？」

「冒険者になったばかりだから、そのあたりには疎《うと》いんだ。……どんなパーティーなんだ？」

「古代遺跡の探索をメインに活動している、２人組の冒険者パーティーです。今のメンバーは、剣士のエイミーと魔法使いのマイナですね。依頼を出すのは珍しいんですけど、何か事情があるみたいです」

なるほど。冒険者パーティーか。

ということは今回募集されている攻撃魔法使いも、遺跡探索に必要なのだろうか。

「依頼の詳しい内容については、依頼書に書いてないみたいだが……」

「内容については、試験に合格した冒険者だけに教えるそうです」

……合格しないと、内容を教えてもらえないのか……。

幸い、攻撃魔法は得意だ。

使い始めてからの経験は浅いが、魔法陣の効率化と魔力量のおかげで、この世界の中ではかなり攻撃魔法が使える方らしい。


とりあえず、話だけ聞いてみるか？

あまりに危険そうだったら、依頼を受けなければいいし。


「この依頼、試験に合格して内容を聞いた後でも断れるのか？」

「もちろん可能です。……内容を聞いてから断れない依頼なんて、流石にギルドじゃ斡旋《あっせん》できませんから」

……それもそうか。

安心して試験を受けられるな。

「……分かった。この依頼を頼む」

「はい。……試験があるので、『英知の探求者』を呼んできますね」

そう言って受付嬢が、ギルドから出ていった。


——それから少し後。

戻ってきた受付嬢は、俺に告げた。

「試験の準備ができたので、特別訓練所まで来てください」

「特別訓練所？」

初めて聞く名前だ。

何が特別なのだろうか。

「普通の訓練所と違って予約が必要で、関係者しか中に入れない訓練所です。機密保持が必要な場合に使われることもありますが……防音などの設備がある訳ではないので、盗み聞きには気をつけてくださいね」

「……なるほど」

一般人がいるところで依頼の試験をやるわけにもいかないから、特別訓練所でやるという訳か。

試験の内容が気になるところだが……攻撃魔法の試験のようなので、なんとか受かることを祈ろう。

まあ合格しても、受けるとは限らないのだが。

そんなことを考えつつ俺は、特別訓練所の地図を受け取る。

どうやら特別訓練所は、ギルドから少し離れた場所にあるようだ。

第七章

地図のおかげで迷うこともなく特別訓練所に到着した俺《おれ》は、特別訓練所の入り口の扉を開けようとしたのだが——扉に手をかけたところで、俺はその手を引っ込めた。
特別訓練所の中から、話し声が聞こえたのだ。

「次の人、5属性だって！　これは期待できそう！」

「無理だと思うよ？　次の人、Eランクだし」

どうやら、俺の話をしているようだ。
……二人組という部分はギルドの話通りだが、女の声だな。
『英知の探求者』って、女性パーティーだったのか。

「えー！　でも5属性くんは、5属性持ちなんだよ？　属性が多いほど強いって、ギルドの人

が言ってたじゃん！」

「多属性が強いのは、サポートの場合かな。……攻撃魔法が強いのは、魔力が多い人だよ」

どうやら試験を受ける前から、俺は『5属性くん』などというあだ名をつけられているようだ。

まあ、依頼を受けて来たのだし、とりあえず入ってみるか。

「依頼を受けたミナトだ。入っていいか？」

「オッケー！」

扉越しに聞くと、すぐに元気のいい声が返ってきた。

俺は扉を開け、特別訓練所の中に入る。

「君が5属性くん？」

俺の姿を見て、エイミーがこっちへやってきた。

どうやら、試験に合格したわけでもないのに歓迎されているようだ。

いっぽう……魔法使いの方は、黙り込んでいる。

「あれ？　マイナ、どしたの？」

「ば……」

「ば？」

「……化け物」

そう言って魔法使いのマイナが、数歩後ずさり――地面に落ちていた石につまずいて転んで尻餅《しりもち》をついた。

だがマイナは、転んだことすら気にせず俺の方を見つめる。

「どうかしたのか？」

「そ、その魔力、なに……？」

どうやらマイナが驚いたのは、俺の魔力のせいらしい。

他人の魔力なんて、俺には分からないのだが……マイナは見ただけで分かるのだろうか。

「魔力が見えるのか？」

「マイナは【魔力視】で、魔力が見えるんだよ！　……マイナ、5属性くんの魔力って、そんなにすごいの？」

「エイミー、5属性じゃないよ。その人……6属性！」

「6属性⁉」

マイナの言葉を聞いて、エイミーが驚きの声を上げた。

「ろ、6属性って……それってつまり……賢者ってこと⁉」

「賢者だね……。この世界にはもういないはずの、賢者だね……」

マイナはそう言ってから、呆然《ぼうぜん》と黙り込んだ。

それから少しして、マイナはゆっくりと立ち上がる。

どうやら冷静さを取り戻した——ともいかないようだな。

杖《つえ》を握る手が震えている。

なんとかして平静を装っている、という方が正しいようだ。

「それで、5属性くん……じゃない。賢者くんの魔力量はどう？　いけそう？」

どうやらエイミーは、賢者のことより依頼のことの方が気になるようだ。

正直、ありがたい。

「エイミー、なんで平然としてるの……？」

「賢者がすごいのは知ってるけど、よく分かんない！　賢者って強いの？」

「……強くない賢者もいるけど、この人はすごいよ……！」

エイミーの視線はさっきから、俺の体に向けられている。

いや、恐らくエイミーは、俺の体内の魔力を見ているのだろう。

「すごいって、魔力が多いってこと？」

「えっと……アークドラゴンと、同じくらい」

「アークドラゴン⁉　人間ですらないじゃん！」

「うん。だから、化け物って言った……」

なにやら俺は、化け物扱いされているらしい。

俺の魔力がこの世界の住民より多いのは知っていたが、化け物扱いされるほどか……。

……しかし、このままだと話が進まないな。

俺は依頼の話をしに来たのだ。

「それで、依頼の話なんだが……試験はどうやるんだ？」

「……賢者くん、火属性の攻撃魔法は使える？」

「ああ。攻撃魔法は、一応全属性使えるぞ。炎魔法だと……これとかだな」

そう言って俺は、近くの地面に炎魔法を撃ち込んだ。

ただできると言うよりも、試して見せた方が早いだろうと思ったのだが——反応は劇的だった。

「ば、化け物……！」

「……なに今の魔法！　すごいよ！　これなら勝てそう！」

魔法を見たマイナは呆然と後ずさり、エイミーは狂喜乱舞した。

それからエイミーは、マイナに聞く。

「今の、なんていう魔法？　あんなの初めて見た！」

「わ、私、あんな魔法知らない……！　しかも、杖なし……！」

「え？　マイナって、魔法全部知ってるんじゃなかったの？」

「あれ、独自魔法……！」

それを聞いてエイミーが、目を丸くした。

そして、またもマイナに聞く。

「独自魔法⁉　独自魔法を作れる人って、マギアークだけじゃなかったの⁉」

「そのはず、だけど……！」

あんまりこの方向に話が進むのはまずいか。

とりあえず、話を戻そう。

「あー……とりあえず、試験の結果と依頼の話を聞きたいんだが」

◇

それからおよそ1時間後。

試験に無事合格した俺は、ようやく落ち着きを取り戻したマイナ（それでも俺の魔力が気になるらしく、数秒ごとに俺の体をちらちらと見てくる）とエイミーから、俺は依頼の話を聞いていた。

……ここまで来るのに、随分と時間がかかってしまった気がする。

「要はマイナ達が見つけた古代遺跡に強い敵がいて、火属性魔法が効くから物量で押しつぶそうした訳か」

どうやら当初の計画では、エイミーは火属性の攻撃魔法使いを10人ほど集めて一斉に炎魔法を放つことで、強い魔物を倒すつもりだったようだ。

だが攻撃魔法をまともに使える魔法使いはほとんどおらず、応募者の中で使えそうなのは俺だけだったと。

「うん！　……マイナとミナトなら、二人で大丈夫かな？」

「私がいなくても、ミナトだけで大丈夫……だと思う」

「やった！」

なぜかすでに俺が依頼を受ける方向で話が進んでいるが……別に俺は、依頼を受けると決めた訳ではないのだ。

敵が炎魔法に弱いことは分かったが、それでも危険がないという訳ではない。

「待ってくれ。まだ依頼を受けると決めた訳じゃない。……依頼の危険度はどうなんだ？　安全か？」

「……安全？」

俺の言葉を聞いてマイナは、何を言っているんだこの人は、という顔をした。

「冒険者の依頼に、安全なんてないよ？」

「その代わり、ヤバかったら逃げていいよ！　ボク達もそうするし！」

なるほど。

安全性は保証できないから、自己判断で確保しろという訳か。

冒険者らしいといえば、冒険者らしいな。
いざという時に逃げられるなら、受けてもよさそうだ。
緊急時に逃げるために役立ちそうな魔法も、手持ちにあるしな。

まあ、依頼を受けるか決めるのはまだ早いか。
報酬について、まだ聞きたいこともあるしな。

「安全面については理解した。報酬には成果の取り分と書いてあったが……この依頼では、どんな成果が狙《ねら》えるんだ？」

俺の言葉を聞いて、マイナはエイミーの方を見て……頷《うなず》いた。

「……エイミー、見せていいよ」

「オッケー！　……じゃじゃーん！　古代遺跡の出土品！」

そう言ってエイミーが、収納魔法から大きな袋を取り出した。

そして袋から出したものを机の上に広げて、１個ずつ解説する。

「これは魔法石、こっちは魔法金属、それでこれが……なんだっけ？」

エイミーは困り顔で、マイナに助けを求める。

……覚えてないのかよ。

「それは魔法通信機。……一番レアなの、それだよ？」

魔法通信機か。

言われてみると、前世で使われていた魔法通信機に少しだけ似ている気がする。

……前世の魔法通信機はもっと洗練されたデザインで、しかも小型だったが。

「そうだったの⁉　ガラクタだと思ってた！」

「ガラクタはこっち。ちょっと似てるけど、間違えちゃダメだよ？」
そう言ってマイナが指したのは——魔法情報端末だ。
この世界に来た時に拾ったものと同じタイプだな。

「これ、動くのか？」

「動かない。……試してみる？」

そう言ってマイナが、俺に魔法情報端末を渡した。
スイッチを押してみるが……確かに動かない。
というか……。

「これ、魔力切れか？」

一瞬だけわずかに魔力が流れようとする感覚があるが、すぐにそれが消えてしまう。
これは前世で俺が持っていた魔法情報端末の、魔力切れの感覚と同じだ。

……そういえば異世界に来たばっかりの頃なので気付かなかったが、俺が持っている端末も魔力切れだったのかもしれない。

新しい型の魔法情報端末は魔力がなくなったからといって急に消えたりはしないが、旧式の魔法情報端末は魔力切れでフリーズするなどという話もあったはずだ。

どうして古代遺跡の文明からこんな代物が出てくるのかは分からないが、端末があったということは、魔力補充装置が落ちている可能性もあるか。

それだけでも、行く価値はあるかもしれないな。

だが、一つ気になったことがある。

「もう古代遺跡の産物が手に入ったなら、わざわざ遺跡にいる強い魔物を倒さなくていいんじゃないか？」

「これ、入り口にあったんだよ！」

「……遺跡の入り口に魔物がいたから、エイミーが気を引いてる間に、私が回収した」

「時間稼ぐの、大変だったんだよ！　剣とか全然効かないし！」

なるほど。

入り口だけでもこれだけの成果があったなら、確かに中は期待できそうだな。

「分かった。報酬の取り分はどうなる？」

「……半分。どうかな？」

「マイナ、予定と違うじゃん！」

マイナの言葉を聞いて、エイミーが驚いたような声を出した。

どうやら山分けというのは、元々の予定とは違うようだ。

「元々の予定って……5％のこと？」

「そう！　それ！」

「この人……私達を合わせたより強いよ？　それに半分渡しても、５％の人を10人雇うのと同じ」

エイミーはそれを聞いて、数十秒も考え込んだ。

――それから、大発見でもしたように叫ぶ。

「ほんとだ！　同じだ！」

どうやらエイミーは、計算が苦手らしい。

まあマイナがしっかりしていそうなので、パーティーとしては問題ないかもしれないが。

……とりあえず、半分ももらえるなら何も問題はないな。

「分かった。依頼を受けよう」

「やった！」

「……ありがとう」

こうして俺は『古代遺跡で攻撃魔法を使うだけ』の依頼を受けることになった。

本当に『攻撃魔法を使うだけ』で済むかは分からないが……半分も報酬をもらう以上、依頼達成に向けて全力を尽くすとしよう。

もしヤバそうだったら、迷わず逃げるけどな。

第八章

翌日。

俺《おれ》は依頼のために、待ち合わせ場所の時計台前へと来ていた。

ギルドを集合場所にしなかったのは、他の冒険者に見つかって後をつけられないためらしい。

未探索遺跡の探索では、敵は魔物だけではないのだ。

せっかく見つけた遺跡を、他の冒険者に横取りされるわけにはいかないからな。

「それで、遺跡はどこにあるんだ？」

「ちょっと待ってね」

そう言ってマイナが、収納魔法から何やら魔道具のようなものを取り出す。

マイナは相変わらず時々俺の方を向いてはビクッとしているが、どうやら俺の魔力にも少し慣れてきたようで、その頻度は減っていた。

そしてマイナは魔道具のスイッチを入れ、それが起動したのを確認する。

「盗聴防止装置か。……随分と魔力が少ないように見えるんだが」

似たようなものは、前世でも普及していた。

周囲の音を遮断して、さらに魔法的な盗聴も防ぐ装置だ。

町中で雑談をする時などにも、近所迷惑にならないためにこの装置を使うことが推奨されていた。

だが……魔力が切れかけのようだ。

盗聴装置は魔力情報端末ほど繊細ではないため、適当に魔力を込めるだけで補充できてしまうのだが……この様子だと、どうやら魔力補充のことを知らないようだな。

「うん。だから、急いで話すね」

マイナはそう言って、話を続けようとする。

「ちょっと待ってくれ。それに魔力を補充していいか？」

「……補充？」

マイナは俺の言葉を聞いて、きょとんとして聞き返した。

やはり魔力補充のことを知らないようだな。

「ああ。その盗聴防止装置は、魔力を込めると補充できる……と思う」

見たことがないタイプの盗聴防止装置だが、盗聴防止装置の魔力を補充する方法など、どんなタイプでも変わらない。

「そんなこと、できるの？」

「多分な。見てみないと分からないが」

俺がそう言うと、マイナが盗聴防止装置を俺に渡した。

その裏面を開けると、透明な青の魔法石が現れた。

……前世であればこの類《たぐい》の装置には『魔石』と呼ばれる不透明な石が入っていたのだが……

まあ、魔法石も魔力を溜《た》める力があるようなので、同じ役目だろう。

そんなことを考えつつ俺は、魔力補充用の魔法を発動した。

直接魔力を込めるだけでも補充はできるのだが、この魔法は魔力の供給量を自動で調節してくれるため、魔法石を壊す心配がない。

そうして30秒ほどで、魔法石が魔力でいっぱいになった。

あまり容量が多くないようだが、まあ5時間くらいはもつだろう。

「これで多分、5時間くらいは使っても大丈夫だ」

「5時間⁉」

「ミナトって……何者なの？」

盗聴防止装置を受け取りながら、マイナが聞く。

……転生者とか言っても、信じてもらえないよな。

「ちょっと山奥で修行をしていただけの、ただの新人冒険者だ」

「ただの新人は絶対嘘《うそ》！」

「……ただの新人冒険者は賢者じゃないし、そんなに魔力ないよ？」

俺の言葉を、二人が即座に否定《ひてい》した。

どうやら『ただの』という部分が引っかかってしまったらしい。

……まあ、俺の出自の話をしていても仕方がない。

俺は依頼を受けて、遺跡攻略をしに来たのだ。

「話を戻そう。これで急ぐ必要はなくなったし、遺跡の場所について説明してくれ」

「うん。まずはミージアに向かうね」

「ミージア？　……確か隣町だよな？」

マイニーア周辺の地図はギルドに貼《は》ってあったが、確かミージアはかなり近かったはずだ。
2、3時間も歩けば、恐らく到着できるだろう。
「うん。この町の方が、集めやすいと思ったから」

なるほど。

マイニーアは冒険者が多いから、攻撃魔法を使える冒険者も多いと思ったのか。

……だがこの街の冒険者は、初心者がほとんどのようだ。

だから必要な戦力が集められず、困っていたという訳だな。

「分かった。案内してくれ」

◇

それから数時間後。

俺達はミージアを経由して、深い森の奥へと入っていた。

かなり足元の悪い道だが、マイナとエイミーは冒険慣れしているようで、何の苦労もなく歩いていく。

全く迷いがないところを見ると、マイナは道を完全に記憶しているようだ。

俺は自己強化系の魔法を使って、何とかついていっている状態だ。

魔法なしでは、ついていくことすら困難だっただろう。

前世の世界では、山の中を歩くことなどなかったからな。

「……随分歩くんだな」

「うん。町の近くだと、いい遺跡は残ってないから」

俺の言葉に、マイナはそう答えた。

どうやら未探索遺跡を探すには、人里離れた森の奥に入る必要があるようだ。

そうして、さらに1時間ほど歩いた頃。

「ついた」

そう言ってマイナが、森の中で立ち止まった。

だが、周囲の光景は他の場所と同じ森だ。

「……遺跡って、どれだ？」

「あれ」

そう言ってマイナが、苔《こけ》に覆《おお》われた石のようなものを指した。

だがよく見ると、それは石ではない。

コンクリートだ。

遺跡の一部と思《おぼ》しきコンクリート塊が、苔とツタに覆われている。

よく見れば遺跡だと気付けるかもしれないが――普通に歩いていたら、まず見つけられないだろう。

コンクリートには人がなんとか通れるくらいの穴があいていて、そこにはエイミー達と同じ足跡がついていた。

どうやら前回は、あの穴から遺跡に入ったようだ。

「こんなの、よく見つけたな……」

きっと古代遺跡の場所を見つけるには、凄《すさ》まじい洞察力や古代遺跡に関しての知識が必要になるのだろう。

そう考えていると――マイナが答えた。

「エイミーが見つけたんだよ。エイミー、すごいよね」

「……え、エイミーが？」

遺跡を見つけたのは、絶対にマイナだと思っていたのだが。

エイミーって実は、古代遺跡について詳しかったりするのだろうか。

そんなことを考えていると、エイミーが言った。

「うん！　適当に歩いてると、なんか遺跡があるんだよ！」

想像を絶する探索方法だった。

まさかエイミーは当てずっぽうで歩いて、遺跡を見つけたのか？

確かこの二人って、古代遺跡探索で有名なパーティーだよな？

今回だけたまたま遺跡を見つけたとか、そういうのじゃないんだよな？

「……遺跡って、そんなので見つかるものなのか？」

「普通は、見つからないよ？　……でも、エイミーは特別だから」

「うん！」

特殊能力か何かか。

今までエイミーが古代遺跡探索パーティーにいたのを少し不思議に思っていたのだが、どうやらエイミーほど遺跡探索パーティーに向いた冒険者もいないようだ。

「それで……この狭い穴の中に、例の魔物がいるのか？」

「うん。入り口は狭いけど、中はすごく広いよ」

「ボク、こんなに大きい遺跡を見たの初めてだよ！」

どうやらこの遺跡は、非常に大きいようだ。

……収穫が期待できそうだな。

「よーし、行くよー！」

そう言ってエイミーが、穴の中へと入っていった。

かなり無防備に見えるのだが……大丈夫だろうか。

「……遺跡の入口って、魔物がいるんじゃなかったか？」

「魔物はこの下だから、まだ大丈夫」

「分かった」

それを聞いて俺も、エイミーに続いて穴へと入る。

すると中には、螺旋階段《らせんかいだん》があった。


螺旋階段には、人間が余裕を持ってすれ違えるだけの幅がある。

……どうやら、狭いのは穴の入口だけだったようだ。

そんなことを考えつつも、俺達は下へと向かっていく。


数十メートルも下りたところで、螺旋階段がようやく終わった。

螺旋階段の出口には、金属製の簡素な扉がついている。

扉は大きくへこんだり、穴が開いたりしており、壊れかけといった雰囲気だが……一応、開閉はできそうだ。

この扉の中に、依頼対象の魔物がいるという訳か。


エイミーはその扉の横に張り付くようにして、俺達を待っていた。

「危ないから、顔を出さないでね」

「了解した」

マイナの言葉を聞いて、俺は扉の手前で立ち止まる。

これ以上前に出ると、扉の穴から魔物に見つかってしまうかもしれない。

「準備オーケー？」

扉に手をかけたエイミーが、俺達の方を振り向いてそう尋ねた。

どうやら魔物相手の戦いでも、エイミーが先行するようだ。

「大丈夫」

「ああ。問題ない」

「ボクが気を引くから、その間にやっちゃって！」

そう言ってエイミーは扉を勢いよく開けた。

「……本当に広いな」


扉の奥には、驚くほど広い空間があった。

恐らく今見える空間だけで、50メートル四方はあるだろう。

入口にしか来ていないエイミー達が、今までで一番広い遺跡だと言っただけのことはある。

俺が魔法石を拾った場所など、比べものにならない。


そんな場所に、依頼対象の魔物がいた。


この広い空間の中でさえ、頭をぶつけそうな高さ。

そして全身を覆う、岩石の鎧《よろい》。

――ゴーレムだ。

「ゴアオオオオオオオオオ！」

扉が開くと同時に、ゴーレムは俺達を敵と認識したようだ。

かすっただけで骨折しそうな太さの腕を振り回しながら、ゴーレムは俺達の方へと迫ってくる。

もし直撃でも受けたら、魔導輸送車に轢《ひ》かれて死んだ前世の俺と同じような死に方をすることになるだろう。

「よーし、いくよー！」

しかしエイミーはひるまず、部屋の中へと駆け込んだ。

――速い。ギルドで見た初心者冒険者とは、比べものにならない俊足だ。

そのままの勢いでエイミーは部屋の中にいたゴーレムへと突撃し――その腕をかわしつつ、蹴《け》りを入れた。

随分と原始的な攻撃だが、それが逆にゴーレムの怒りを買ったようで、ゴーレムはエイミーを振り払おうとする。

エイミーはそれを見て瞬時に後退し、なおもゴーレムを煽《あお》る。

「こっちこっちー！」

怒ったゴーレムが、足下にあった岩石をエイミーに向かって蹴り飛ばした。
ゴーレムの馬鹿力《ばかぢから》で吹き飛ばされた石は凄まじい速度でエイミーへと飛んでいく。
ただの岩石だが、重さは数十キロもありそうだ。命中すればタダでは済まないだろう。

「おわっ！」

だがエイミーは驚きながらも、危なげなく石を回避した。
大した反射神経である。

「攻撃、はじめるね！」

回避スキルに俺が感心していると、マイナが魔法を撃ち始めた。

マイナが放った炎魔法は、命中するたびにゴーレムの表面を数センチ欠けさせる。

効果があると言っていただけあって、少しは効いているようだが……討伐《とうばつ》には、明らかに威力不足だな。

どうやら、俺の出番のようだ。


「加勢する！」


そう言って俺は、炎属性の攻撃魔法『火炎弾』の改良版『改良火炎弾』を連射した。

数ある攻撃魔法の中でも『改良火炎弾』は魔法陣が単純なため、連射が効きやすい。

弾速が遅いため動く的を狙《ねら》うのは難しいが、数でカバーだ。

『改良火炎弾』の一発が、ゴーレムの足元に当たった。

その場で爆発《ばくはつ》した『改良火炎弾』は、ゴーレムの姿勢を崩し、転倒させた。


『ゴアアアァァァァァ！』

ゴーレムが、怒りの声を上げる。
『改良火炎弾』は直接命中しなかったが――足止めができただけで十分だ。
俺は移動不能に陥《おちい》ったゴーレムに、さらに数十発の『改良火炎弾』を撃ち込む。
そうして数十発の『改良火炎弾』を受けて――ゴーレムは粉々に吹き飛んだ。
バラバラになった岩の塊は、すでに原形をとどめていない。
どうやら、オーバーキルだったようだ。

「……え?」

「……アレ?」

エイミーとマイナが、粉々になったゴーレムを見る。

それから、エイミーがマイナに聞いた。

「ゴーレム、どこ行ったの？　見失った？」

「見失ってない……と、思うよ？　今、倒したのを見た」

マイナは冷静に答えているように見えるが……よく見ると、マイナが手に持った杖《つえ》がカタカタと震えている。

そんな中、エイミーが叫んだ。

「マイナ……この人、化け物だ！」

「うん。……昨日、言ったよね？」

「だからって、ゴーレムをバラバラにしちゃうなんて思わないじゃん！　マイナは分かってたの⁉」

「こ、ここまでとは、知らなかったけど……」

そう言ってマイナが、バラバラになったゴーレムを見る。

ゴーレムは再生能力を持つ魔物だった気がするが、ここまでバラバラになっては再生もしないようだ。

「とりあえず、依頼達成ってことでいいか？」

このままだとまた話があさっての方向へ飛んでいきそうだったので、話を遮《さえぎ》る。

依頼内容は、魔法を撃つだけということになっていたが……実際の依頼の中身は、この魔物の討伐だったはずだ。

「うん。……あとは、アイテム拾い」

「後はボク達で何とかするから、ちょっと待ってて！」

マイナは俺の言葉に頷《うなず》き、エイミーは威勢よく答えた。

だが、それから少しだけして——エイミーが言った。

「でもその、できればついてきてほしいかなーみたいな感じはあるよね、うん」

「ミナトがいると、安心して沢山アイテムを集められるから……取り分が増えるよ？」

どうやら、二人ともついてきてほしそうな様子だ。

……まあ古代遺跡の探索は俺も興味があるし、ついていくことにするか。

「分かった。ついていこう」

「……うん、ありがとう」

「ありがとう！　心強いよ！」

俺の返事を聞いてたマイナとエイミーは、嬉《うれ》しそうに言った。

それからマイナは、エイミーの方を向く。

「……どっち？」

マイナはそう、エイミーに聞いた。

どうやら遺跡の中でどちらに行くか決めるのは、エイミーの役目のようだ。

エイミーは遺跡を見つける才能もあるようだし、お宝をかぎ分ける嗅覚《きゅうかく》でもあるのかもしれない。

「うーん……うーん……」

だがエイミーは、難しそうな顔で考え込んでしまった。

そのまま5分以上も、エイミーは動こうとしない。

「エイミー、悩むなんて珍しいね」

「向こうに行こう！　……って思ったんだけど、強い奴《やつ》がいそうな感じ！」

そこまで分かるのか……。

もしかしたらエイミーは、探知系の魔法でも無意識に使っているのかもしれない。

前世の世界だと、警察などが物や人を探す魔法を使っていた覚えがある。

「強い奴……それって、なんて魔物？」

「そこまでは分かんないよ！　ボクを何だと思ってるの！」

どうやらエイミーのカンは、万能という訳ではないらしい。

さて……どうすべきか。

「ミナト、まだ戦える？」

そう言ってマイナが、俺の方を見る。

……どうやら、俺の魔法で吹き飛ばせると期待しているようだ。

「とりあえず全属性の攻撃魔法は一通り扱えるから、今くらいの魔法でいいなら使うぞ」

「さっき、すごい魔法使ってたよね⁉　魔力足りるの？」

「……ミナトの魔力、ほとんど減ってないよ？」

「化け物⁉」

残りの魔力量も見えるのか……。

魔力視というやつは、随分と便利なんだな。

「化け物じゃなくて人間だが……ちょっと事情があって、人より魔力が多めなんだ。まあ、いくらでもある訳じゃないけどな」

「……いくらでもあるように見える」

そんな会話を交わしながらも、俺達は迷宮を進んでいく。

すると……早速、収穫があった。


「見てみて！　さっきのレアなやつ！」


先頭を走っていたエイミーが、嬉しそうな声を上げた。

どうやら、魔法通信機を見つけたようだ。


「……やった」


それを見てマイナも、嬉しそうな顔をする。

古代文明の魔法通信機は、そんなにいいものなのだろうか。

「その魔法通信機って、いくらくらいするんだ？」

「うーん……2000万くらい？」

「……それ1個で、2000万ジーク⁉」

驚きのお値段だった。

その半分が、俺の報酬になるのか……。

なんだか今日の報酬だけで、一生遊んで暮らせそうな気がしてきた。

まあ、ネットもないこの世界で何もせずに暮らしたら退屈で死にそうなので、結局は冒険者を続ける気がするが。

「見てみて！　もう1個あった！」

またもマイナが嬉しそうに魔法通信機……と似たものを持ってきたが……こっちは魔法情報端末のようだ。

魔法情報端末は、この世界だとガラクタ扱いされているらしい。

理由はよく分からないが、魔法情報端末はそれなりに繊細な機械なので、壊れていることが多いのだろう。

「……それ、ガラクタだよ？」

案の定、マイナがそれを指摘した。

するとエイミーは、しまったという顔をする。

「もー！　見分けるの難しいよー！」

「ここが尖《とが》ってるのが、魔法通信機。尖ってないのが、ガラクタ」

そう言ってマイナが、アンテナのある位置を指す。

魔法通信機は空中に魔力を放つことで通信するのだが、その効率を上げるためにアンテナがついているのだ。

……アンテナのない魔法通信機も前世には存在したのだが……この世界にはないみたいだな。

そんな感じで魔道具を拾い集めながら、俺達は遺跡の奥へと進んでいった。

◇

「気をつけてー！　右から出てくるよー！」

そう言ってエイミーが、遺跡の扉を開ける。

するとエイミーの行った通り……扉の右側付近から、ナイフ魔物が攻撃を仕掛けてきた。

「よっと」

俺はそれを見て、あらかじめ準備しておいた雷魔法を撃ち込む。

どこから出てくるか分かっている魔物ほど、狙いやすいものも珍しい。

「すごいね！　賢者くん、全部瞬殺じゃん！」

「……敵がどこから出てくるか分かってれば、外しようがないからな」

エイミーのカンは、本当に鋭かった。

敵がいないと言った場所に敵はいなかったし、魔物がいると言った場所には魔物がいた。
魔物を倒すの自体は俺の役目だったが、エイミーの言う通りの場所から魔物が出てくるので、本当に倒しやすい。

そして……。

「あったー！　レアなやつ！」

またもエイミーは、地面から魔法通信機を拾い上げる。
エイミーが通るルートには、なぜかレアな魔道具が落ちているのだ。
俺の目当てだった、魔法情報端末の魔力補充装置も、何台か見つかった。
これは、後で交渉して手に入れるつもりだ。

……さっき少しだけ、試しに俺が先を歩いてみたのだが……その時には、魔道具など一つも見つからなかった。

マイナが先行しても魔道具は見つからないらしいので、これはエイミーの才能なのだろう。
エイミーが先導役を務めているのは、戦闘での役割がおとり役というだけの理由ではないようだ。

「これ、しまっといて！」

「ああ」

そう言って俺は、エイミーから魔道具を受け取る。
マイナ達の収納魔法はすでに一杯になっていたため、途中からは俺が収納担当になったのだ。

「あと、これとこれとこれも！」

「……凄まじいペースだな」

なんというか、本当に今日の収穫だけで遊んで暮らせそうだ。
それくらい、エイミーの魔道具発見能力は凄まじかった。

そうしてしばらく進んだところで、マイナが立ち止まり、俺の方を向いた。

「……ミナト、収納魔法、大丈夫？」

「収納魔法？」

「容量……足りる？」

ああ。そのことか、

マイナとエイミーの収納魔法は容量があまり多くないため、収穫物のほとんどは俺の収納魔法へと収納していたのだ。

俺の収納魔法が普通の容量だったら、そろそろ埋まる頃だな。

「ああ。問題なく足りる」

俺の言葉を聞いて、マイナは少し考え込んだ。

それから、俺に問う。

「もしかして、ミナト……収納魔法も、多い？」

「……そんな感じだ」

マイナ、鋭いな。

『魔力視』といい、マイナ相手に魔法関連の隠し事は難しそうだ。

……まあ一緒に戦う以上、あまり隠し事をする気もないのだが。

「ミナトって……何者？」

「さあ。自分でもよく分からん」

本当のことだ。

異世界から転生してきたことは分かるが、この世界での俺がどんな立ち位置になるのかは、俺自身にも見当がつかない。

そんな話をしながら進んでいる途中。
ふいにエイミーが、扉の前で立ち止まった。
それから――エイミーが、扉に向かって武器を構えた。
俺達には普通の扉にしか見えないが、エイミーはここから何かを感じるらしい。

「エイミー、どうしたの？」

それを見てマイナが、エイミーに聞く。
すると、エイミーが珍しく緊張した表情で答えた。

「ここ、ヤバい感じがするよ……。引き返した方がいいかも」

どうやら、この扉の先は危険なようだ。

「……分かった。引き返そう」

「了解した」

エイミーの言葉を聞いて、俺達はすぐに引き返すことを決めた。
今までの道のりで、エイミーの勘の鋭さは十分に理解している。
そのエイミーがヤバいと言うなら、そこは恐らく本当にヤバい。

そうして引き返そうとした矢先。

「え？　……やばっ！　急いで！」

そう言ってエイミーが、急加速した。
状況がよく理解できないまま、俺とマイナも走って扉から離れる。

——直後。

俺達が開けずに撤退した扉が吹き飛んだ。

第九章

それから僅《わず》かに遅れて、扉のあった周囲の壁が崩落する。

もしエイミーの警告がなければ、巻き込まれていただろう。

「なに、あれ……」

「うわぁ……ヤバそう……」

崩落した壁の向こうから、壁を壊した存在が姿を現した。

――体長10メートルにも及《およ》ぶ、鋼の機械竜だ。

だが、その姿は『竜』と聞いて思い浮かべるような、生物的なものではなかった。

「……人工物？」

その体には魔力導管が絡《から》み合《あ》い、翼には大量の魔法石が埋め込まれている。

目に黒目はなく、代わりに複雑な魔道具が埋め込まれている。

恐らく、一種の高性能魔力センサーだ。

魔力を検知するセンサーが目の代わりに使われているため、扉越しにでも俺達《おれ》の姿を発見できたのだろう。


そんな機械竜が、俺達を見下ろし――

「ギャアアアアァァァァァァ」


咆哮《ほうこう》を上げた。

だがこの咆哮は、怒りや威嚇《いかく》の咆哮ではなかった。

もっと直接的な――周辺への命令だった。

咆哮の直後、俺達の背後に巨大なシャッターが下りて、逃げ道をふさいだ。

俺達が通り抜けていた通路の出口に、周囲に外見を似せたシャッターがあったのだ。

まるで、中にいる人間を閉じ込めるためにあったかのようだ。

シャッターが閉まるのと似たような音が、閉ざされたシャッターのさらに向こう側からも聞こえる。

どうやら、この迷宮はシャッターだらけのようだ。

「こ、これはヤバいよ……」

「どこか、逃げ道はないのか？」

「ない！」

どうやら逃げ道はもう残されていないようだ。

「ミナトの魔法で、アレを壊すのはどうかな？」

そう言ってマイナが、閉ざされたシャッターを指す。

俺はそこに『改良火炎弾』を撃ち込んでみるが――シャッターはびくともしなかった。

「……ダメみたいだ」

どうやら、魔法に耐える類の金属が使われているようだ。

時間をかければ壊せるかもしれないが……黙って壁を壊すのを見過ごしてくれそうにはない。

もし1枚壊せたとしても、その先にはまだシャッターが待っているのである。

「よし！　ボクが気を引くから、その間に攻撃して！」

「気を引くって……敵は空中だぞ⁉」

「大丈夫！」

そう言ってエイミーが、収納魔法から魔道具のようなものを2つ取り出した。
そして魔道具の片方を起動したエイミーは、宙を舞いながら機械竜へと近付く。
どうやら魔道具は、飛行用魔道具だったようだ。

「こっちこっちー！」

そう言ってエイミーが、もう一つの魔道具を起動する。
すると今度は、魔道具が妙な光を放ち始めた。
奇妙な感覚を誘う、不自然な光だ。

「ギャアアアアアァァァァ！」

俺達は変な感覚を覚えるだけだったが——機械の機械竜は、この魔道具が気にくわなかったらしい。
今までで一番大きい叫び声を上げながら、機械竜がエイミーへと炎塊を吐く。

その炎塊は、青白かった。

「おわっ！　……ちょ、挑発成功ー！」

どうやらエイミーが使った光の魔道具は、挑発用だったらしい。

エイミーは慌てて地面へと戻ると、機械竜が吐いた炎塊を避《よ》けながら機械竜との距離を取る。

機械竜が吐いた炎塊は、地面に命中すると周囲数メートルを地面ごと吹き飛ばして、地面の破片を撒《ま》き散らした。

「ちょ……これは反則でしょ！」

穴の開いた地面を見つつ、エイミーが言う。

どうやら青白い炎塊は、凄《すさ》まじい威力を誇るらしい。

だが、そんな機械竜相手でもエイミーは時間を稼げているようだ。

その隙《すき》を見て俺は『改良火炎弾』を連射した。

機械竜はそれをかわそうとするが、数が多すぎて避けきれない。

数発の『改良火炎弾』が、機械竜に命中した。

すると――機械竜の体の表面にあった金属の鎧《よろい》が、数センチ削れた。

「ギャアアアァァァァァ」

機械竜が怒りの声を上げる。

どうやら、こいつ相手にも少しは魔法が効くようだ。

そしてエイミーの挑発は、思ったより強力らしい。

俺の攻撃を食らった今でも、機械竜はエイミーを狙《ねら》い続けている。

「少しは効くな」

「……倒せる？」

マイヤが杖《つえ》を使って魔法を放ちながら、俺に問う。

……今のダメージの様子だと、ただ『改良火炎弾』を放っているだけでは倒すより先に俺の魔力が切れる。


だが、今の『改良火炎弾』で、敵の弱点は分かった。


――機械竜の体の表面に絡みつく『魔力導管』。

機械竜は俺の放った『改良火炎弾』のうち数発を食らいつつも『魔力導管』のある場所だけは絶対に被弾しないように守る姿勢を取っていた。

恐らくあの『魔力導管』が、機械竜の弱点なのだろう。


そう考えつつ俺は、雷魔法を放つ。

雷魔法の弾速は、音速を超える。

この速度があれば、機械竜の守りをかいくぐって『魔力導管』を壊せると思ったのだが……。


「……ダメか」

『魔力導管』を狙ったはずの雷魔法は、機械竜の体にある金属の鎧に吸い込まれた。

どうやら雷魔法は対策済みらしい。

だが、炎魔法を避けたということは――『魔力導管』の守りも、完璧《かんぺき》という訳ではないはずだ。

その守りをかいくぐって『魔力導管』を破壊できそうな魔法が――実は一つある。

自作の『名前のついていない魔法』だ。

魔法陣の構成は攻撃魔法ノートの最後のページに書いてあるが、作ったばかりなのでまだ覚えている。

あれなら、機械竜がいくら魔力導管を守ろうとしたところで、守りごと魔力導管を吹き飛ばせるだろう。

「エイミー、俺達と機械竜の距離を、もう少し開けられるか？」

『名前のついていない魔法』は、まだ一度も使ったことのない魔法だ。

威力は推測しか立てられないが……恐らく今の配置で使ったら、もし機械竜を倒せたとしても余波で自滅することになる。

俺達には、エイミーのように高速で飛んでくる破片を避けることなどできないし。


「どのくらい!?」

「10メートル離してくれ！　時間は2秒あればいい！」

「……分かった！」


そう言ってエイミーが、部屋の奥へと猛ダッシュし始めた。

機械竜はそれを追って、部屋の奥へと飛ぶ。


そんな様子を見ながら俺は、例の魔法陣を構築する。

……複雑な魔法陣だ。この世界の人々が、魔法構築に杖を使うのも分からないでもない。もう少しシンプルにすればよかったか。

だが、なんとか組める。


そうして、機械竜がエイミーに追いつこうとした頃――。

エイミーが急に反転して、こちら側へと走る方向を変えた。

機械竜はエイミーを捕らえようと機械の爪《つめ》を振り下ろすが、エイミーはその爪を見ることもせず、一歩横に跳んで回避する。

――俺達と機械竜の間の距離は、10メートルを軽く超えている。


十分だ。

「いくぞ！」


俺はそう言って、魔法を発動した。

すると――青白く光る巨大な球体が空中に出現した。

その外面は、どことなく機械竜の炎塊に似ていた。

俺はすかさず、対象を設定する。

対象は、機械竜の胴体。

魔力導管を直接狙ってもかわされる可能性が高いので、最も当てやすい場所を狙って、余波で魔力導管を吹き飛ばす。


「ギャアアアァァァァァァァ!!」


俺の『名前のついていない魔法』に脅威を感じたのか、竜が体をよじらせて魔法を避けようとする。

だが、俺が組んだ『名前のついていない魔法』は、雷魔法並みの弾速が出るように設計されている。

そんなものを避けられるはずもなく、『名前のついていない魔法』は、機械竜の胴体に命中した。

着弾の直前、機械竜は魔力導管をかばうように体を丸めたが——威力は足りるだろうか。

そして、俺が見守る中——『名前のついていない魔法』が爆発《ばくはつ》した。

轟音《ごうおん》と共に、視界が真っ白に塗《ぬ》り潰《つぶ》される。

「ひーっ！」


エイミーが悲鳴を上げながら、余波を避けるように物陰へと隠れる。

そうして、爆炎が晴れると……。


「ギ……ギャ……」


機械竜は、地面に落ちていた。

その体に巻き付いていた魔力導管はあちこち千切れ、鋼の装甲もボロボロになっている。

それでも機械竜は、戦おうとした。

機械竜は俺達の方を向いて、炎塊を吐くような姿勢を取る。

だが――そこまでだった。

炎塊を吐こうとした機械竜の魔力導管から、火が噴き出す。

それから一瞬遅れて、機械竜の体のあちこちから小規模な爆発音が聞こえ始めた。

恐らく炎塊を吐くためには、大量の魔力供給が必要なのだろう。

その魔力が、半壊した魔力導管にとどめを刺したのだ。


「……危なそうだな」

「ボ、ボクも入れてー！」


俺は残った魔力で、自分とマイヤの前に結界魔法を張った。

エイミーが、その中に駆け込んでくる。

そしてエイミーがちょうど結界魔法の中に入ったタイミングで——竜が爆発した。

爆発の余波で結界は少し揺らいだが、距離が離れていたおかげで壊れることはなかった。

俺の残り魔力は、もう1割ほどしかない。

魔力消費のほとんどは『名前のついていない魔法』のせいだが。

「……なんとか勝ったな」

「そ、そうみたいだね……」

爆発してバラバラになった竜の残骸《ざんがい》を見ながら、俺とマイナが呟《つぶや》く。

そんな中――エイミーが叫んだ。

「ミナト、さっきの魔法って何⁉　あんなの初めて見た！」

「あー。今の魔法は、自分で作ったんだ。……俺も初めて使う魔法だったから、上手《うま》くいくかは賭《か》けだったけどな」

「あれを、初めてで……？」

俺の言葉を聞いて、エイミーが戦慄《せんりつ》の表情になった。

まあ、あんな魔法をぶっつけ本番で実戦投入したりすれば、驚かれても仕方がないかもしれないが。

そんなことを話していると——爆発の余波で吹き飛んだ壁から、何か光るものが見えた。

どうやら、奥に何かあるようだ。

「なあ。向こうに、何か光ってないか？」

「ん？　……あっ、レアなやつ!!」

そう言ってエイミーが、遺跡の奥へと進んでいく。

戦闘で地面が崩壊し、足場がかなり不安定になっているというのに……器用なものだ。

そんなことを考えつつ、俺は足元に気をつけながら進む。

すると……先行していたエイミーが、叫び声を上げた。

「なんか、でかいのがある！」

「でかいの？」

「うん！　ちょっと見て！」

そう言ってエイミーが、俺達を呼んだ。

俺達は崩れた足場に注意しながら、エイミーのいる場所まで入っていった。

……そこには、巨大な魔法機械があった。

機械はすでに壊れているようで、魔力の気配はないが――表面に刻印がしてある。

《デウス・エクス・マキナ　魔法演算装置　13号機》

巨大機械には、そう書かれていた。

前世で630年前に暴走した人工魔法知能《デウス・エクス・マキナ》は、13基の魔法演算装置を組み合わせて作られていた。

暴走の際、そのうち1号機以外の12基は跡形もなく消滅したと思われていたが――現実には、ここにその魔法演算装置がある。

――暴走した人工魔法知能は、消滅したのではなくここに来ていた……？

「なあ。ここの遺跡って、何年前にできたんだ？」

「600年くらい前……の、はず」

俺の質問に、マイナが答えてくれた。

……どうやら、間違いないようだな。

「遺跡ができた時の記録って、残ってるか？」

「うーん……ないと思う。できた時には燃えたり魔物だらけだったりして、誰《だれ》も入れなかったって話だよ？」

なるほど。

確か前世の世界の魔物は《デウス・エクス・マキナ》1号機が停止すると同時に、現れなくなったはずだ。

できたばかりの遺跡が魔物だらけだったとしたら、その頃にはまだ《デウス・エクス・マキナ》の魔法演算装置が稼働していたということだ。

……下手をすれば、この世界にはまだ暴走したまま稼働中の《デウス・エクス・マキナ》が存在しているかもしれない。

俺のように、前世の世界から来た人間が他にいれば相談できるかもしれないが……この世界に前世から来た人間は俺だけだと、俺は確信していた。

もし俺と同じような人間が他にいれば、この世界の魔法はまだマシになっていただろうし。

そう俺が考え込んでいると……エイミーの叫び声が聞こえた。

「ちょっと来てー！　すごい！　すごいよー！」

どうやら、何かあったようだ。

俺はマイナと共に、エイミーの元に向かう。

そこにあったのは……四角い箱に収められた、10機の魔法通信機だった。

総額、2億ジークである。

どうやら例の機械竜と戦ったのは、無駄ではなかったようだ。

「これ全部、あのレアなやつだよね⁉」

「……す、すごい……」

エイミーとマイナが、喜びの声を上げながら魔法通信機を拾い上げる。

その様子を見つつ、俺が部屋の隅に目をやると——そこには、今エイミーが開けたのと同じような箱が2つあった。

「これ、まさか……」

そう言って俺は、箱の蓋《ふた》を開けた。

そこには——エイミーが開けたのと同じように、10機の魔法通信機が収められていた。

全部合わせて、30機——6億ジーク。


「まだあるの⁉」

「この遺跡……すごい……！」


「変な竜がいる場所に、わざわざ来たかいがあったな」

そう言って俺は、ホクホク顔で収納魔法に魔法通信機を入れた。

依頼を受けた時には、ここまで儲《もう》かるとは思っていなかったな。


「よし、収穫は十分だ。……帰るか」

町まで無事に収穫品を持ち帰るまでが、冒険者の仕事だ。

「うん！」

「賛成」

そう言って俺達は、元来た道を引き返し始めた。
どうやら今回の探索は、大成功のようだ。

——ミナト達が去った後。
ミナト達が機械竜と戦った部屋の隅で——1台の魔法機械が稼働していた。
その画面には、こう表示されている。

『《デウス・エクス・マキナ》 メインデータベース更新』
『第三級警戒対象を追加 【適合者】 エイミー』
『第一級警戒対象を追加 【超越者】 ミナト』

◇

その日の夜。

俺達はギルドの会議室を貸し切り、報酬の分配をしていた。

数が多かったので分配にはそれなりに時間がかかったが、特にぶつかり合うことはなくスムーズに進んだ。

魔法通信機は偶数（36個）だったし、それ以外の品も俺とマイナ達では欲しがるものが違ったので、とても分けやすかったのだ。

そうして机の上に並んだ取り分を見て……エイミーとマイナが、感嘆の声を上げた。

「す、すごい収穫だね……」

「……今までのを全部合わせたより、今回の方が多い……！」

やはり今回の遺跡の成果は、桁外《けたはず》れだったようだ。

マイナの話によると、魔法通信機36個というのは、国全体での数年分の産出量にもなるらしい。

そんな量を急にギルドに持ち込んでも、買い取れるはずがない。

そのため報酬は、現物で分配することになったのだ。

「これ、売ったらいくらになるんだ？」

俺は自分の取り分を見て、マイナ達に聞いた。

するとマイナが、すぐに答える。

「えーっと……4億くらい？」

「……本当に凄まじい額だな……」

だがマイナの話だと、魔法通信機というのはただ金を出したからといって手に入るようなものではないらしい。
そのうち使い道があるかもしれないし、金が必要になるまでは収納魔法にでもしまっておくか。

そんなことを考えていると、エイミーが叫んだ。

「よーし！　これ売りに行くよー！」

そう言ってエイミーが手に取ったのは、大量の魔法結晶が入った袋だ。

魔法結晶というのは、魔石や魔法石と違って使い捨ての魔力源だが……扱いを間違えると爆発する、危険な代物だ。
そのため魔法結晶は個人での所持が禁止されているらしく、入手した魔法結晶は全《すべ》てギルドに売る規則になっていた。

「分かった」

そう言って俺は、自分の取り分を全て収納魔法へとしまい込んだ。

◇

「な、なんですかこの量⁉」

エイミーが渡した魔法結晶を見て、受付嬢が驚きの叫び声を上げた。

「……254個ある。買い取れる？」

「しょ、少々お待ちください！」

受付嬢は慌てて、ギルドの奥へと入っていった。

それから少しして、1枚の紙を持って出てくる。

「ええと……買取の許可は下りました。お金も足りたんですけど……ここまでの量となると、買取申請書が必要みたいで……」

「買取申請書？」

「はい。個人所有が禁止された品物を大量買取する場合、この紙を書いてもらわないといけない……っていう話です。私もこんなの見たの初めてですけど」

なるほど。

こっそり隠し持っていた魔法結晶などを、ギルド買取で処分されないためか。

まあ、事情を書くくらいは問題ないだろう。

そう考えていると、エイミーがマイナに紙を手渡した。

「マイナ、書いてー！」

「分かった」

そう言ってマイナが、買取申請書に文字を書いていく。

買取申請書には『売却責任者』『同行者』『主要貢献者』という3つの欄がある。

『売却責任者』はマイナ『同行者』が俺とエイミーだ。

ここまでは分かる。

問題は、最後の項目だ。

「主要貢献者って、なんのためにある項目なんだ？」

「えっと……すごい成果の場合、ギルドや国から表彰されることがあるんです。そのためですね」

受付嬢が、そう解説してくれた。

それを聞いてマイナは、迷いなく『主要貢献者』の欄に俺の名前を書いた。

「……主要貢献者って、遺跡を見つけた二人じゃないのか？」

「私達だけだと、入り口までしか入れなかったよ？」

「なんというか……ちょっと魔法を使っただけで『主要貢献者』にされるのは違和感があるんだが……」

「でも、報告書に嘘《うそ》は書けないよ？　それに、ちょっと魔法を使っただけじゃない」

そう言ってマイナが、書類を提出してしまった。

Eランクの俺が『主要貢献者』になっていたら、不自然だと指摘されるかと思ったが……どうやら、普通に受理されてしまったようだ。

「買取手続きをする間、少し待っていてください」

そう言って受付嬢が、またギルドの奥へと戻っていった。

そんな中――ギルドの扉が、荒々しく開いた。

そして開いた扉から、一人のギルド職員が大慌てで駆け込んでくる。

「大変です！」

ただごとではなさそうな雰囲気に、ギルドにいた人々の注目が集まる。

注目の中、ギルド職員が告げた。

「ここから5キロしか離れていない古代遺跡が、突然爆発したそうです！　……遺跡周辺では、魔物も大量発生しています！」

……古代遺跡の爆発か。

《デウス・エクス・マキナ》の影響かもしれないな。

そう考えていると、ギルド職員が続いて叫んだ。

「大量発生した魔物の一部は、このマイニーアに向かっています！」

どうやら、古代遺跡の外にいるからといって、安全とは限らないようだ。

『名前のついていない魔法』のせいで、俺の残り魔力は2割ほどしかないが……どうやら、の

んびり魔力回復を待つ訳にもいかないらしい。

あとがき

初めましての人は初めまして。そうでない人はこんにちは。進行諸島《しんこうしょとう》です。

本シリーズは、異世界に転生した主人公が、前世の時代から持ち込んだ『圧倒的な知識』と『大量の魔力』で暴れ回り、常識を叩き壊していくシリーズとなっております！

異世界人の使っていた魔法を改造して最強魔法を作ったり、圧倒的な魔力量で叩きつぶしたり、戦闘系以外の依頼でも規格外の成果を叩き出したりと、とにかく場所を問わず暴れ回ります！

最強の主人公が、それはもう圧倒的に無双します！

私が『賢者』とタイトルのつく主人公最強ものは、これで4シリーズ目になります。

ですが、当シリーズと他作品は世界観やストーリー、登場人物などの共通部分はありません！『完全新シリーズ』となっております！

ですので、他作品を知らないという方も、すでに他のシリーズを読んだという方も、安心して楽しんでいただければと思います。

次に謝辞《しゃじ》を。

書き下ろしや修正などについて、的確なアドバイスをくださった担当さん。

素晴らしい挿絵を描いてくださったカット様。

それ以外の立場から、この本に関わってくださっている全ての方々。

そして、この本を手に取ってくださっている、読者の皆様。

この本を出すことができるのは、皆様のおかげです。ありがとうございます！

2巻もより面白いものをお送りすべく鋭意製作中ですので、楽しみにお待ちください！


最後に宣伝を。

私の別シリーズ『転生賢者の異世界ライフ』3巻が、この本と同時発売になります。

ストーリーは全く別ですが、当シリーズ同様『最強主人公が、異世界で暴れ回るお話』ですので、この本を楽しんでいただけた方は、『転生賢者の異世界ライフ』も気に入っていただけると思います。

もし興味を持っていただけたら、『転生賢者の異世界ライフ』の方もよろしくお願いいたします。


では、次巻でまた皆様に会えることを願って。

進行諸島

GAノベル

異世界転生で賢者になって冒険者生活 ～【魔法改良】で異世界最強～

2019年5月31日　初版第一刷発行

著者　進行諸島

発行人　小川 淳

発行所　SBクリエイティブ株式会社
〒106-0032　東京都港区六本木2-4-5
03-5549-1201　03-5549-1167（編集）

装丁　AFTERGLOW

印刷・製本　中央精版印刷株式会社

ISBN978-4-8156-0236-9
Printed in Japan

ファンレター、作品のご感想をお待ちしております。

〒106-0032　東京都港区六本木 2-4-5
SBクリエイティブ株式会社
GA文庫編集部 気付

「進行諸島先生」係
「カット先生」係

本書に関するご意見・ご感想は
下のQRコードよりお寄せください。
※アクセスの際に発生する通信費等はご負担ください。

https://ga.sbcr.jp/

転生賢者の異世界ライフ3
～第二の職業を得て、世界最強になりました～
著：進行諸島　画：風花風花

GA ノベル

不遇職にもかかわらず、突然スライムを100匹以上もテイムし、さまざまな魔法を覚えて最強のスキルを身につけたユージは、弱っていた森の精霊ドライアドや魔物の大発生した街を救い、果ては神話級のドラゴンまで倒すことに成功。異世界最強の賢者に成り上がっていく。

一方、次に目指す街として、仲間から暖かく過ごしやすいと聞いて向かった街・リクアルドは、なぜか雪に包まれていた。

住民たちが命を繋ぐために必要な薪を用意しながらも、この怪現象の背後に「救済の蒼月」の影を見たユージは、仲間とともに拠点に迫り、その謀略を打ち砕く!!

異世界国家アルキマイラ
～最弱の王と無双の軍勢～

著：蒼乃暁　画：bob

国家運営系VRゲーム『タクティクス・クロニクル』で頂点を極めた王《プレイヤー》・ヘリアンは、ゲーム内の自国ごと異世界へ転移してしまう。そこで出会ったのは、自我を持って行動する魔物の大軍団。そして、元ＮＰＣ《ノン・プレイヤー・キャラクター》である一騎《いっき》当千《とうせん》の軍団長たちであった。身分を隠し、臣下と共に探索に出たヘリアンが直面するは、尊厳を踏みにじられながらも巨大なる悪意に抗う無辜《むこ》のエルフたち。罪なき人々の涙が胸を打つとき、彼は王としての自覚に目覚め、怒りと共に決意する。旗下《きか》十万の魔軍で総力をもって非道に鉄槌《てっつい》を下さんと！

『いざ立て――誇り高き我が民よ！　今こそ咆吼《ほうこう》をもって応えとせよ！』

「「「「「オオォォオォオオオオオォォー――ッツ！！！」」」」」

万雷《ばんらい》の雄叫《おたけ》びが世界を揺らす時――無双の融合魔獣《アルキマイラ》が一斉に進撃する！！

ここは俺に任せて先に行けと言ってから10年がたったら伝説になっていた。2

著：えぞぎんぎつね　画：DeeCHA

「……厚かましいお願いだけどさ、ここで寝かせてもらえないかな」

　ラックは受け取った屋敷に引っ越すなり、そこで夜を明かそうとしていた少女ミルカと出会う。彼はミルカの不幸な境遇を聞き、妹同然に可愛がるセルリスとともに、彼女をつけ狙う悪い借金取りたちをぶちのめす！　そしてその際に、最近王都で謎の失踪を遂げる人が増えていることを知ったのだった。

　神隠しとも呼べる事件の裏に、昏き者どもの神やヴァンパイアの影を見たラックは、シアとミルカの助力のもと、すぐに人々が消えていく貴族の家を特定。侵入を開始すると、閉じ込められていた天才少女フィリーを救い、そのまま敵の拠点に突撃することに――!!